堀田善衞を読む

世界を知り抜くための羅針盤

池澤夏樹 Ikezawa Natsuki
吉岡 忍 Yoshioka Shinobu
鹿島 茂 Kashima Shigeru
大髙保二郎 Otaka Yasujiro
宮崎 駿 Miyazaki Hayao
高志の国文学館・編

a pilot of wisdom

目次

本書は、富山県　高志の国文学館で二〇一八年一〇月一七日より開催される生誕一〇〇年記念特別展「堀田善衛―世界の水平線を見つめて」に際して、インタビューに協力して頂いた作家・池澤夏樹氏、ノンフィクション作家・吉岡忍氏、フランス文学者・鹿島茂氏、美術史学者・大髙保二郎氏、映画監督・宮崎駿氏のお話を基に、各著者が加筆・修正を行った上で書籍化したものです。

はじめに――『方丈記私記』から

富山県　高志《こし》の国文学館・館長　中西　進

一

『方丈記私記』（以下『私記』）は一九七一（昭和四六）年、堀田善衞五三歳の時に出版された。すでに芥川賞を与えられた『広場の孤独』（初出一九五一年、三三歳）の文学的出発からは二〇年も後になる。

しかし堀田が『方丈記』を読んだのは、『広場の孤独』に先立つ（『私記』）。時、一九四五年。三月一〇日の東京大空襲から二四日に上海《シャンハイ》へ出発するまでの短い間に、ほとんど集中的に『方丈記』を読んだ。「暗誦出来るほどに、読みかえし読みかえしした」。

そして、平氏が都を福原に遷《うつ》した一一八〇（治承四）年に、作者鴨長明は二八歳で、今、自分は二七歳だという。

要するに堀田は同年齢の体験記として『方丈記』に接したのだった。事実、引き続いて養和の大飢饉《だいききん》があり、翌年に渡って大飢饉、悪疫流行が起こったことに、堀田は自分の年《とし》恰好《かっこう》と世の中の有様行末を引き比べて、暗澹《あんたん》たる思いをさせられたと告げる。傍らで「この頃に硫黄島の軍が全滅していた」時であった。

さて私は平氏末期の混乱と第二次世界大戦とを結んだこの透視に驚く。日本史上の最大の転換期として平氏の滅亡、鎌倉幕府の成立一一九二（建久三）年を挙げる人は、多いだろう。以後四〇〇年間平和な日本を回復できなかったこの現象が、第二次世界大戦に介入した日本の姿だと、堀田は言うのである。

その上で堀田は、なぜ『方丈記』をくり返し読むのかという問いを鋭く自らに突きつける。

すなわち問いは、第一に戦禍に出会って、我々の精神的な内面に、何か身の処し方を教えてくれるものが『方丈記』にはあるのではないかというものだった。

第二に『方丈記』の災殃《さいおう》の描写には凄然とさせられるほどの的確さがあり、それに深く打たれたことからも問いは発しているらしい。

そして第三に問いは、新しい日本への期待などあり得ないと思っていた絶望感を変えてくれるものが『方丈記』にあるのではないかと思ったことから発する。

のちに書かれた『私記』は細部においては当時の心情と必ずしも一致しない点もあろうが、右の問いは後のち堀田文学の基調となる、根源的な発問であった。

とかく『方丈記』は火災、風害という災害にとまどう人びとのルポルタージュと読まれがちだが、堀田の炯眼《けいがん》は、それを超えて本質に迫る。

後のちに果てしらず拡大していった乱世の、しかも具体的には身体的な損害や、そのあまりの生活の破壊、また精神的な損害までも『方丈記』から抽出しようとした点で、『私記』は『方丈記』を現代と対面させた稀有《けう》な作品となった。

堀田はこのように歴史を透視する文学上の道程を、ここから歩きはじめていった。

二

その一端は堀田のデビュー小説『広場の孤独』に見ることができる。

まず冒頭に、堀田はcommitという単語の英語の辞書からの引用を掲げる。

これは何を意味するのか。

小説の時代は戦後程なくの朝鮮戦争時代。日本に転がり込んできたような軍需景気がいとも易《やす》やすと戦争の嫌悪、罪悪感を忘れさせ、どん底の日本人の貧困を救いとってしまった、あの「魔」の時代に、慌ただしく働く翻訳記者が主人公である。

しかもたった数日間が全時間だのに、主人公および周辺の人物が立ち廻《まわ》り、入り混じって交互に錯綜《さくそう》し合う。そして『広場の孤独』という小説を書き出そうとした、という絶妙な結末をもつ小説が『広場の孤独』である。

見事な才筆に幻惑されて見落としがちだが、文中に一箇所明瞭な『広場の孤独』の説明がある。

それはニュー・ヨークのタイムス・スクェアらしい交叉点《こうさ》に男が立つ絵で、"Stranger in Town"『巷《ちまた》の異邦人』と題されている。そこに空虚な台風の眼《め》をも連想して『広場の孤独』という小説を書こうと思ったとある。

この比喩的な交差点に押し寄せるものは戦争、原子爆弾。真ん中にいる異邦人とは台風の眼といえる虚点、魂だ。そう思われる中で人は「再び汚辱と罪の淵《ふち》へ沈んではならぬ」と思う。

堀田の生い立ちや教養そして交友関係また全生涯の活発な旅行経験から考えると、交差点である広場には無数の人びとが押し寄せ、多彩ともいえる社会が想像されるだろう。しかし人間一人ひとりは、旅人として立たねばならない。

そこに、commitを冒頭に掲げる意味が照らし出される。commitを「com（ある人の所）にmit（送る）」とする語義を掲げる辞書もある。否応なく、人間はある状況にはまり込んでいく仕組みを避けるわけにはいかない。すなわちコミットしてしまう。その結果社会と人間は、堀田が掲げる、犯す、危うくするなどという関係になるというのだ。

安易に日本語になった「コミット」を考えていては『広場の孤独』は読めない。

堀田は交差点に溢《あふ》れる、共犯に誘ってやまない社会から、いかに人間が虚点となって魂を守るか、その困難さをこの小説で表明したのだった。

人間は社会に commit せざるを得ない。

乱世ではつねに社会という代物は失火や飄風《ひょうふう》となって人を巻き込み、否応なく遷都を宣言して人びとを立ち往生さえさせるのだから。

近代日本では国家という名において赤紙一枚で人間を軍隊に召集して、魂を蝕《むしば》むのだから。

三

それほどに恐ろしい社会の、特に最たるものが政治であった。あの福原遷都もその一つなのだが、『広場の孤独』には、コミュニストかと疑われる記者の一人を「御国」と名づけるユーモアを仕組みながら、国家の滑稽な政治のあり方をちらつかせる。

堀田がこの「政治」を鋭く論じるのも、やはり『私記』においてである。

堀田はそこで「無常観の政治化（politisation）」を問題とする。サルトルが使ったように、と言いながら。

私は無常観を政治化できるとは思わないが、堀田はそれほどに困難なものまで、政治とは何かを利用するものだという。「政治は何かを利用しなければ、それ自体では立たぬもの」として。

有史以来、日本の政治には自立性がないとは。こんな絶望を知の人・堀田善衞に与えてしまったのは誰か。しかしそこにこそ、彼の言う「凹型の思想」や吃音《きつおん》の論理が生じることを、なお新しい日本の夢への努力を棄《す》てていなかった証《あかし》と、私は考えたい。とにかくも、我々は無常の被害者であって、加害者は政治なのだから。

広大（vast）な堀田文学へのとば口として、その基層をなすものを『私記』から拾って序言とした。

第一章

堀田善衞の青春時代

池澤夏樹

前列右から叔母・郁、父・勝文、母・くに。後列右から次兄・善二、堀田、長兄・善朗。慶應義塾大学法学部予科に入学する頃（1936年）に撮影。

池澤夏樹（いけざわ・なつき）

作家。一九四五年北海道帯広市生まれ。一九八四年、文明への懐疑と人間の性を描いた『夏の朝の成層圏』で長篇小説デビュー。一九八七年発表の『スティル・ライフ』で第九八回芥川賞を受賞。この他、『母なる自然のおっぱい』（読売文学賞）、『マシアス・ギリの失脚』（谷崎潤一郎賞）、『楽しい終末』（伊藤整文学賞）、『静かな大地』（親鸞賞）、『花を運ぶ妹』（毎日出版文化賞）など。「池澤夏樹＝個人編集　世界文学全集」全三〇巻に続き、「池澤夏樹＝個人編集　日本文学全集」全三〇巻を刊行中。

嘘《うそ》ばっかり？

堀田さんの作品は、代表作として『広場の孤独』とか、あのあたりのものは読んでいましたが、その後で、一九六六年から『若き日の詩人たちの肖像』の連載が始まった。これが面白かった。これは個人的な事情ですが、僕の父が福永武彦という作家で、堀田さんとは同い年です。父はマチネ・ポエティクというグループに入っていて、『若き日の詩人たちの肖像』にはその辺の人たちのことも出てくる。父親の世代が戦争に至る大変暗い時代をどう過ごしたかという、身近な関心があった。

僕の父は大体ノンポリでしたから、そういう話はしないし、書いていない。マチネ・ポエティクの人では加藤周一さんが書いていらっしゃるけれども、あの時代についてはほとんど語っていない。そこのところが明快に描かれている。だから、ある意味ではゴシップ趣味ともいえます。それでも、自分の生まれる直前、戦争に至る非常につらい時代を彼らがどう過ごしたかということが如実に分かって、それが非常に面白かった。

父に「あれは面白いですよ」と言ったら、「ああ、嘘ばっかり言う」と笑って言ってい

た。もちろんフィクションの部分も多いと思います。それはつまり、『若き日の詩人たちの肖像』は堀田さんの文字通りの自伝ではなく、やはり小説です。それこそ時代相を明らかにするために登場人物をつくっただろうし、いわゆる事実べったりの事実ではないことを書いたと思います。

自然主義私小説が誠実に、失敗や欠点、堕落も含めて己を語るというところで勝負しようとする。それ故に露悪的、自虐的になっていく。そういうことは、彼は一切しない。自然主義ではなくて、モダニズムの人だから。書き方に工夫もあれば、フィクションというか、仕掛けもある。それによってよい作品にできる。だから、嘘ばっかりというのはあながち見当外れでないし、よくもあそこまでつくったものだという思いがあったと思います。

特に女の人たちの肖像、「マドンナ」にしても、それから「お龍さん」にしても、あれは本当にどれもよくできていて、誰かモデルの人がいたのでしょうが、まさかそのままファクトではないと僕は思う。あの愉快な「お婆《ばあ》さん」だって、やっぱりつくっていると思います。でも、それはいいのです。

立ち位置のよさ

堀田さんは立ち位置が非常によい。つまり、全部が見える場所に立っている。登場人物というのは、留置場で出会った強盗殺人の犯人（ホトケさん）、いずれ死刑だろうというような、そういう最底辺の人から、一番上は近衛文麿《このえふみまろ》（関白大臣）に銀座のすし屋で会うとか。

社会の各階層全部と付き合っていく話の大きさ。それは取りも直さず、あの方の人格なんです。大変魅力的だったのではないか。だから、どこへ行っても、知り合いができていく。話をして、聞いて、それから相手の考えていることを聞き取って、考えて、自分の考えとして受け止める。その範囲がともかく広い。

あの頃のばらばらにされてしまった文学の世界で、荒地（派）の人たちとマチネの人たちの両方と付き合いがあったのは、堀田さんだけなんです。それが、見通しのよい場所に立っていたということの意味で、暗くてつらい時代を思い出しながら、それをどう言葉にしようかと考えあぐねていく姿が、僕にはとても好ましく思えた。

もう一つは、堀田さんは非常に優れた観察者なんです。だから、あの作品はいわゆる青春ものに見えて、実はそうではない。つまり、彼は人々を観察し、社会のありようを観察し、起こった事件の一つひとつを正確に記述した上で、その意味を考える。なおかつ、実は自分自身も観察している。だから、いわゆるべたべたの自分語りにならない。この場所で自分はこう考えたけれど、それはなぜだろうということを、後になって意味付けながら書いていく。

その書いている自分と当時生きて動いていた自分の間の距離が絶妙なんです。あれはほとんど五〇歳近くなってからの作品でしょう。その間に彼がやったことによってつくった自分なりの尺度を、自分の若い頃に当てはめて記述していく。この仕掛けが本当にうまくできていて、自伝と言うけれども、自分の生きた時代の歴史であって、いわゆる自分語りではない。彼自身も、そこでは言ってみれば登場人物の一人である。それでいて、みんなが見える場所に立っている。このからくりが、とてもうまくできている。

広い関心と観察する目を培ったもの

一つは、没落した名家の出だということもあるでしょう。だから、よい時代も知っているし、それが失われた今も知っている。そういう家全体の歴史の重さがあります。それこそ、書画骨董《こっとう》についてはプロ並みでしょう。どこかの道具屋さんで、「骨董屋になれる」と言われるぐらいの目利きだったから。

高校時代を過ごした金沢にはちゃんとした文化がありました。それはしっかりしたもので、きちんと学んで、受け止めて、自分のものにすることができた。それで、そういう目を養った上で東京に出てくると、何かちゃらちゃらして、どれもこれも偽物というふうに見えるわけです。女の子にしても、金沢にいた芸者のほうがよっぽどしっかりして女らしかったというふうなことがあって、東京に圧倒されない。東京は何か嘘っぽいところだというのがありありと見えます。

音楽を通じて知り合った東京の上流階級の少女たちの顔つきというものについては、知り合った途端に少年はがっかりした。東京というものについてのあこがれのうちの、それはかなりに大きなものの一つな筈であったが、つまらぬものである、というのが少年の考えであった。

（『若き日の詩人たちの肖像』上巻、集英社文庫、四三頁）

上級生はこの田舎の少年が古典音楽とそれの演奏者のことをよく知っていることにおどろき、少年の方は、東京の金持ちの子女というものが、書画骨董のことや遊芸についてては、ほとんど無知であることを知っておどろいた。

（前掲書、四五頁）

などと書いたりしています。

世間を広く渡れるだけの才能があり、家庭環境にも恵まれ、さまざまな能力を持って世に出ていくわけです。金沢から東京に出てきて、慶應義塾大学の政治学科の予科に入るのですが、総長（小泉信三）が気に入らないというところから始まって、大学は面白くないからと、ずっと遊んで回って、最終的に白井浩司のいた仏文科に転科する。普通の学生だったら教室にこもって何も見ずに過ごしてしまうのに、ぐれてしまったものだから、その分だけ世間が広くなって、社会のさまざまな階層の人たちと出会う。その結果が、この『若き日の詩人たちの肖像』です。それは面白いはずです。

暗い時代の詩人たち

この作品に描かれたのは非常に暗い時代です。特に彼の周辺だと、警察や右翼ばかりで、誰ともなく引っ張られて、留置場に放り込まれた。彼の場合はたまたま満州国の皇帝が来日したとかで、しばらく外をうろうろしないように閉じ込められた。その理由も、出た後になってようやく分かる。

それから、周辺でたくさんの仲間が捕まり、拷問され、殺される。それが頻繁に起こる。

自分自身だって結構危ないのを知っていた。あの暗さ。左翼の人たちにとって恐怖の対象でしかなかった警察とは何か。ああいうことは意外に書かれていない。プロレタリア文学の人たちもつぶされてしまっているし、他の人たちは後になって書かない。あの時代を書いた人は、意外と少ない。

だから、僕は自分が編集した『日本文学全集』(河出書房新社)で、あれは明治から今までの時代、時代を作品でたどれるように、時代別に並べていったのだけれども、そこのところは空白だなと思ったから、堀田さんの『若き日の詩人たちの肖像』をとりました。あそこはほとんど堀田さんしかいない。

なぜ、彼だけがそれを書けたのか。まず、その時代を生きたこと。そして生きたことを後になって意味付けるだけの思想を持ったことです。それが戦後の彼をつくった。『若き日の詩人たちの肖像』で描かれた学生時代の後、堀田さんは上海《シャンハイ》に行く。その経験を持って帰ってきて、それを書く。代表作の一つ『時間』では南京《ナンキン》事件を、それも中国人の目から描いています。

開かれた積極性

堀田さんの実家はもともと廻船《かいせん》問屋ですから、国際性豊かというか、外国人や外国といったものに対して、いかなる偏見もない。そのままスッと自分につないでしまう。『若き日の詩人たちの肖像』を読んでいると、こんな愉快な話も出てきます。

子どもの頃に飼っていた犬が、港に入ってきたソ連の船に遊びに行って、そのまま船が出てしまって、犬は船に乗ってソ連に行ってしまう。そして、二ヵ月か三ヵ月か、時には半年も経《た》って、ソ連船がまた港に入ると、犬は喜んで家に戻ってきて、「玄関先で、シッポを振り振り、犬がロシア語で、ただいま帰りました」と言った（前掲書、下巻、一一七頁）。よくできた冗談です。友達の話として出てきますが、おそらく堀田さんの生家で語られたものでしょう。彼自身、子どもの頃、父親に連れられて自家の船でウラジオストックまで行ったことがあるそうです。

そういう意味では、怖いもの知らずだった。生家は没落したけれども、もともとは羽振りがよかった。その羽振りのよさは国際性に裏打ちされていました。廻船問屋は、下町の商売ではなくて、国際的な貿易商です。しかも、子どもの時に預けられたのは、アメリカ人の牧師さんの家だったから、英語もできる。ドイツ語も何とか頑張って身に付けた。フランス語ものすごい勢いでやって、白井浩司さんに、それだけ読めれば合格と言ってもらえた。語学は才能もあるけれども、そこに向かっていこうとする開かれた積極性、国際性、それを最初から装備して世に出てきた。その結果が後にアジア・アフリカ作家会議での活躍や、『インドで考えたこと』になり、それからべ平連で脱走兵をかくまうというところにいく。こういう開き方を持って世を渡った作家が他にいたかというと、ちょっと思い当たらない。

それは全部、魅力です。今、役に立ちます。憲法が停止されたら、どういう社会ができるか。理由なくして警察が人を引っ張れるようになったら、国に対して反対の意見を持っている人はどうなるか。沖縄なんかを見ていたら、もうそのままです。あるいは、福島だってそうです。そういう現代に引き付けた読み方もできるし、その一方で、高岡の伏木から出てきた一人の若者がいろいろなものを見ながら、自分の人格を形成していく。思想をつくっていく。ものの考え方を自分の中に構築していく。そこのところも面白いから、その意味ではやっぱり青春文学なのかもしれない。いかようにも読むことができるのです。

恐怖の親近感

『若き日の詩人たちの肖像』を連載の途中で読んでいた時は、自分の親たちの世代がどういう思いであの時期を過ごしたかということをリアルに想像しながら読みました。

僕はさっき、自分の父親はノンポリだと言ったけれども、母親（原條あき子）のほうは結構しっかりした左翼で、一緒に暮らしていたのは母親だったから、そちらのほうが身近に感じ取れる。戦後、日本国憲法ができて日本は軍備を放棄したはずなのに、あれよあれよという間に、いわゆる逆コースで戻っていった。警察予備隊ができて、保安隊になって、自衛隊になって、どんどん装備を増やす。アメリカ軍の下請けになる。それと同時に、政府に歯向かう人への締め付けが厳しくなっていく。

終戦から後、しばらく理想が失われつつある状態で、それがどこへ行くのだろうという不安な時に、最悪、ここへ戻るんだというのが、『若き日の詩人たちの肖像』の時代です。そういう意味では、恐ろしい、恐怖の親近感がある。

恐ろしさに親近感があるというのは、登場人物たちのモデルを、僕はみんな知っているからです。うちの父はあそこでは日伊文化協会の詩人と呼ばれていて、それはその通りだし、僕の母親もあそこに出ていた。

冨士君は音楽学校のフランス語講師になり、冨士君といっしょに押韻《おういん》詩の試みをやっている詩人は、日伊文化協会というものにつとめ、

「あいつ、アジア復興レオナルド・ダ・ヴィンチ展覧会ってものにふりまわされてるよ」

と汐留君が言った。

（前掲書、下巻、二一二頁）

ちなみに、ここに出てくる「冨士君」とは中村真一郎さんのことで、戦後、堀田さんと中村さんと、「日伊文化協会」の父との三人で、映画『モスラ』（東宝）の原作をつくったりしています。この他「ドクター（ドクトル）」が加藤（周一）さんで、「成宗の先生」が堀辰雄さんだな、とか、その他、荒地の人たちも大体分かる。そういう親近感がある。それは僕がある意味で、特権的な読者だからだということもあります。やはり知っている人た

ちが出てくるというのは、ずいぶん親密な思いで読むことになります。

『若き日の詩人たちの肖像』で描かれているのは、想像上のディストピアではなくて、実際にあった暗黒社会です。その中で何を頼りに、何を希望にして生きるか。しかも、彼らの場合、徴兵が待っているわけだから、そのぎりぎりの日までどう生きるか。生きて帰れるかどうか分からない。知人があんなに死んでいるのだから、多分、帰ってこられないだろう。そういう、言ってみれば、おしまいが分かったところへ一歩ずつ歩いていく、あの恐怖感。一人、また一人と仲間がいなくなる。最終的に彼自身がいなくなったところで、あの話は終わる。

恐怖は昔のほうが切実だったでしょう。しかし今、あれほどひどくなっていないのは、多分、経済成長がうまくいって少し余裕があるからで、それがなくなりかけたら、また奪い合いです。その中で、潮の流れに乗っていこうというふうなことに傾いていくかもしれない。この作品は、自分のものの考え方、思想を支えてくれる大きな柱となっています。

編集と翻訳

堀田さんと僕に共通することが一番明らかなのは、僕の世界文学全集の編集の仕事です。昔の世界文学全集というのは、イギリス、フランス、ドイツ、ロシアなどの各国の文学の専門家が集まって、会議を開いて、言ってみれば陣取り合戦をして、「じゃあイギリスで五巻、フランスで四巻、ドイツで三巻、ロシアで四巻、こんなもんでどうだ」というふうに決めて、その中で、例えばイギリス文学なら、担当の編集委員が何を入れるかを割り振って、そこからお弟子さんたちに翻訳させていた。

僕は全部一人でできるから、そういうことはしなくていい。ともかくこの何十年かで読んで面白いと思ったものを全部入れていったら、世界全集になったのです。それはベトナムもあるし、チェコのような小さな国もあるし、ラテンアメリカももちろんある。この構図が実は非常に堀田善衞的なのです。面白い作品を先進国に限らずに選ぶ。つまりアジア・アフリカ作家会議的な、つまり堀田善衞的な世界観が、たまたまですが、あの世界文学全集には反映できたと思います。

彼が先駆的にいわゆる途上国の文学者たちと会って、会議を開いて、文学者なりの世界の運営の仕方をみんなで模索した。そのあたりから始まって、旧植民地が独立した国で小説を書き、詩を書く人たちが増えて、言ってみれば、それを最終的に僕が収穫した。そういう時代になった。だから、もしお目にかかって話すことがあったとしたら、これについて僕は話したかった。『インドで考えたこと』の延長上にあるのですから。

文学の仕事の仕方として、創作がある。編集・編纂《へんさん》がある。それから、翻訳がある。僕は、この三つは等価だと思う。同じ値打ちだと思っています。それは全集の編集をやっていて気がついたことですが、日本文学は間違いなく、『万葉集』にしても、『今昔物語』にしても、みんなアンソロジー、つまり編集ものです。さまざまな人が書いたものを集めて、一定の基準の下にそれを取捨選択して、正しい順序で並べる。これは非常に文学的に基本の仕事です。『古事記』にしても、日本人の豪族たちから家伝の史料を集めて、それを取捨選択して並べたものです。あれはそういう編集的な仕事です。

それから、翻訳というのも大変大事で、一般に創作に比べて翻訳というのは何か二流の仕事のように言われるけれど、本当はそうではない。我々がここまで日本文化をつくってきた土台は漢文化です。中国の漢字の文学を日本語として読んで、それを基につくってきたわけです。それがなかったら、日本語はなかった。漢字を借りただけで終わっていた。しかも、漢字に訓という読み方をつくった。「犬（ケン）」という字を勝手に「いぬ」と読むのだから、これはむちゃくちゃな話でしょう。dogと英語で書いて、「いぬ」と読みますか？　そう読んだら変でしょう。それと同じことをしているわけです。

それから漢文を読むための返り点というシステムをつくった。これは何かというと、自動翻訳装置です。中国語の文法を知らなくても、返り点に従って読んでいくと、取りあえず読めてしまう。それで中国文学は日本に非常に普及した。大変な工夫です。これはやっぱり文学の本質に関わる大事件だった。

今でも翻訳することは大事な仕事で、「どうせ君たちは原文で読めないから、翻訳してやるよ」という軽いものではない。翻訳を通じて広まり、翻訳された先で新しい読者を得て、その作品はぐんと膨らむ。だから、「シェイクスピアは原文でなければわからない」なんて、そんな偉そうなことを言っている人は信用しないほうがいい。それでは舞台はできない。

そういう意味で、この三つは全く同じ値打ちの仕事だと思いますし、堀田さんはミステリーぐらいしか翻訳なさってなかったけど、楽しんでやっていたと思う。

「紅旗征戎《こうきせいじゆう》吾ガ事《こと》ニ非《あら》ズ」

堀田さんにとって最も尊敬する、しかも模範とすべき理想の人物がどういう人であるかというと、独立独歩の人です。

堀田さん自身が、最後まで自分の生き方を貫いて、スペインに行ったり、また帰ってきたり、あのあたりも融通無碍《ゆうずうむげ》でした。自分の中の物差しによって自分を運営するという、そういう人に共感したのだろうと思います。それがモンテーニュであり、ゴヤだったのではないか。

モンテーニュは、自分の思想を貫いた人。ゴヤだってやっぱり、本当の生き方は王族と付き合いながらも王族に頼らずに、描きたいものを描くという意味で、独立独歩であった。これが堀田さんにとっての理想の人間像だったのだろうと思います。

だから、堀田さんは日本文学だと鴨長明《かものちょうめい》『方丈記』を思い出し、それから「紅旗征戎吾ガ事ニ非ズ」と言い放った藤原定家の『明月記』を読んだのでしょう。

鴨長明の『方丈記』というのはやはり乱世の話です。乱世を見切った上で、さあ、そこから個人がどう生きるのか、という思索の物語でしょう。鴨長明は自分から安定社会を飛び出してしまった、暴れん坊です。すねたような、分かったような生き方をしたわけです。個人の思想がいかにその人を支えるかということを、鴨長明に沿って考えたのが『方丈記私記』だったのではないか。

藤原定家は少し徒党を組んだし、実際に彼の日記『明月記』を丁寧に読んでいくと、愚痴の多いすねたじいさんですが、それはそれとして、定家が「紅旗征戎吾ガ事ニ非ズ」と言い切る強さへの共感を、登場人物の一人（汐留君）に言わせています。

身をえうなきものに思ひなした、そこから、芸術のあそびとはなやぎが出て来るんだ。藤原定家だってそうなんだ。世上乱逆追討、耳ニ満ツト雖モ之ヲ注セズ、紅旗征戎吾ガ事ニ非ズ、なんて明月記に書いてるけど、吾ガ事ニ非ズどころか、明月記を読んでみりゃ、ああ出世出来ない、ああ誰かが荘園からの収入をごまかした、やれ誰それがおれより出世が早すぎる、やれどこの誰様にゴマをすったけど何の音沙汰もない、ああ神経痛だリューマチだって愚痴ったり嘆いてばかりなんだけど、それでもな、そんなことは本当はどうだっていいんだ、えうなきこととして、本当は思い捨てているからこそ、定家のあの歌のはなやぎとあそびが、本当に夢の浮橋のようにしてこの世の上に架かるんだ。

（前掲書、下巻、五一頁）

つまり、「吾ガ事ニ非ズ」と言って突っぱねてしまって、「戦争なんか、そっちのほうでやっていてくれ」と言えればいい。定家はそれが言えた。世間の動きに一喜一憂しない、自分は自分であり、歌の道だけでいいんだと言い切った。

定家のこの一言は、当時の文学青年たちにとって胸に痛いほどのものであった。自分がはじめたわけでもない戦争によって、まだ文学の仕事をはじめてもいないのに戦場でとり殺されるかもしれぬ時に、戦争などおれの知ったことか、とは、もとより言いたくても言えぬことであり、それは胸の張裂けるような思いを経験させたものであ

（『定家明月記私抄』ちくま学芸文庫、一四頁）

った。

とも書いています。

とはいえ、最近は「紅旗征戎吾ガ事ニ非ズ」とも言っていられない。戦争のほうがこちらへ来てしまうから、戦争は遠方のものでなくなってしまったと思います。戦争にならないようにするには、武器を取って戦うのとは違う闘い方、つまり言葉で闘っていかなければいけない。そのために、堀田さんはベトナム反戦運動に加わり、脱走した米兵にあれだけ手を貸したわけでしょう。つまり、具体的な活動をしている。脱走兵支援はあの時期、最も先鋭な反戦運動です。サルトルが言った言葉で示せばアンガージュマン（社会参加）。文学者だから、文学だけやっていればいいのではない。やれることをやるという点では、大変ダイナミックな人です。

その後の世代で言えば、例えば小田実《まこと》さんもそうだし、大江健三郎さんもそうだし、それこそ石牟礼《いしむれ》道子さんだってチッソの本社前に座り込んで闘いましたから。そういう文学者がいる。多分、堀田さんも同じように考えて行動したと思います。

古典の面白さ

僕が日本文学全集に日本の古典を入れようとした時に思ったのは、古典を古文として読んでもしょうがない、古文じゃなくて文学として読むのだから、今の作家・詩人に訳を頼んだらどうかなと考えた。少なくとも古典のことを彼らが書いたのは見たことがないなと思いながら頼んでみたら、みんな二つ返事で引き受けてくれました。面白がって、お互いに競争しながら訳して、よい訳ができた。これは僕が鉱脈を掘り当てたと思った。何となくあの全集全体が祝祭的なものになって、お互いに「どこまで訳した？」とワイワイ言いながらやった。

古典をともかく読むという姿勢を回復したという意味では、ようやく堀田さんの世代に戻ったと思います。参考書はいくらでもあるし、辞書もあるのだから、その気になれば読めないわけではない。その上で、今通用する文体に訳すというのはやっぱり面白い。僕は『古事記』を担当しましたが、次から次へと大発見があり、本当に面白い。みんなそういう思いをしていたろうし、堀田さんが『方丈記』あるいは『明月記』を丁寧に読むというのは、自分の中に翻訳を取り込みながら読んでいったのでしょう。だから、ただの翻訳ではなくて、ああいう膨大なエッセイの形になった。でも、基本の姿勢のところはそんなに違ってなかっただろうなと思います。

僕がやった『古事記』などは一番いい例です。あれは戦争中に悪用されたから評判が悪い。つまり、天皇家礼賛の文学だというわけです。こういう仕事を僕がやると言ったら、ちょっと年上の人たちが、「でも、池澤さん、あれって天皇賛美なんでしょう。池澤さんがそんなことやっていいの?」と言われましたが、これはやっぱり戦争中に植え付けられた偏見なのです。そう感じられるのは、戦中の宣伝でそういうところだけつまんで、「撃ちてし止《や》まむ」とか、あの久米歌《くめうた》のくだりなどばかり言っていたからそう思えるのではないか。実際に訳してみたら、そうでもない。

それは多分、明治以降のだいぶ後になってからの悪用であって、本来戻って考えると、『古事記』には、天皇がいかに強かったかという話はほとんどない。あとは全部女たちを巡る愉快なゴシップ。奥さんがどんなに嫉妬深くてみんなが困ったかとか、そういうことが延々と書いてある。さらに読んでいくと、少なくとも『古事記』の人たちはまず直情径行、思ったことをすぐにやる。会えば殺すか、寝るか、奪うか。それから、とにかくセックスが好き、恋が好き。これは日本文学全体の伝統。イザナギとイザナミのセックスが最初の場面になる。

もう一つ、いつでも弱い人のほうに目が行く。負けたほう。勝って強い人をさらに称賛するという姿勢はほとんどない。それが『古事記』全体に表れた日本人の性格だし、それは後も延々と続く。江戸時代になっても歌舞伎もそうだし、浄瑠璃が一番いい例だけれども、追い詰められて負けて死ぬ側に心を寄せて、一緒に泣く。日本人は判官びいきが好きなのです。これが日本の古典の基本的性格だとしたら、戦争中の使い方はインチキだし、ずるい。だから、そこから我々は脱却しなければいけないと、訳してみて思いました。

若い読者へ

僕たちは今、この時代を生きている。この時代は文学でどう表現できるか。この時代を生きながら、それをどう書くか。文学を志す人たちはみんな考えていると思います。そういう時に、堀田さんはとても参考になります。フィクションだけれど、ファクトを基にした、ヒストリーを基にしたフィクションで、そのからくりが面白い。よい例がこの『若き日の詩人たちの肖像』です。しかしこの作品に限らず、堀田さんのどの小説にも共通する点です。そういう社会と歴史と自分の中の想像力から生まれてくる文学というのは役に立つし、それからやっぱり面白い。「役に立つ」と言うと、何かお勉強みたいになるけれども、そうではなくて、堀田さんの作品はどれも読み始めると止まらない。

現代は他者に対する意識が少し弱まっているような気がしますが、それに対して堀田さんが特効薬になるのは、自分を客観視しているからです。自分語りでなくて、自分を含めた社会、世間、世界を書こうとしている。だから、走り回っている本人を上のほうで見ている自分がいる。この構造が身に付くと、生きるのが楽になると思います。より手応えのある生き方ができる、そういう文学です。

僕は言葉の力が弱まったとは思わない。他のものが強くなり過ぎた。それは何かというと、お金、資本です。高度経済成長の前はみんな貧しかったから、そこでは言葉の効き目がありました。しかし、高度経済成長以降、お金が世の中を動かす部分が大きくなり過ぎて、それがテクノロジーと組み合わさり、要するに日常生活の中に「おもちゃ」が増えた。

目くらましです。それと遊んでいるうちに、世間では時が過ぎてしまうし、世の中が悪くなっても気がつかない。

そういうところで、言葉をどうやって回復するか。これは非常に難しい課題です。ただ、結局のところ、僕らには言葉しかないのだから、非力だと思っても、何とかそれでやっていく。その模範として、堀田さんの作品があると思っています。

『若き日の詩人たちの肖像』の人々　池澤夏樹

『若き日の詩人たちの肖像』は堀田善衛という個人を超えて時代相を映しているところに価値がある。だからこれは私小説ではない。彼は観察者でしかなく、自分の心の動きもまた観察の対象でしかない。告白体の、ぐずぐずの自分語りに陥る心配がない。

展開されるのは一定の距離から見た群像なのだ。

しかしここで後世の読者として困るのは、登場する人々がみな実名ではなくあだ名で紹介されること。事情を知らない我々はこれはいったい誰だろうと大いに悩む。

本名を出さないからこそ思ったままに書ける。それは技法としてわかるのだが、時が過ぎると誰が誰か見当がつかなくなる。とても始末が悪い。

同時代に著者の近隣にいた人たちには公然のことだったのだろう。あるところまでは開けていたはずなのに、時を経るにつれてその視界がどんどん狭くなる。

そこでわかるかぎりを推理してみた。著者はいろいろなグループに出入りしていたから、まずそこで分類する。その先でキーワードやほのめかしやちら見せを手がかりに探るのだが、これがなかなか手強い。わかったのはざっと半分くらいだろうか。

女たちはほとんどが不明。マドンナもお龍さんも、公人の側面がないから手がかりが皆無。半端なままにひとまず公開してみる。読者諸姉諸兄、どうか補っていただきたい。

荒地

良き調和の翳 = 鮎川信夫

ルナ = 中桐雅夫

冬の皇帝 = 田村隆一

アリョーシャ = 衣更着信か 椎野英之か？

山田喜太郎 = 和田喜太郎

慶應仏文科

浜町鮫町 = 村次郎

白柳 = 白井浩司

澄江 = 芥川比呂志

胸紐坊ちゃん = ？

岩倉具視の孫 = 有馬頼寧？

頭でっかちな若い教授 = 佐藤朔

赤鬼 = 加藤道夫

チボー家の訳者 = 山内義雄

ジイドの訳者 = 川口篤？

他に = 井汲清治教授
後藤末雄教授
鬼頭哲人　アヌイの訳者

中央線沿線

成宗の先生 = 堀辰雄

遠いい少年 = 野村英夫

荻窪の作家 = 井伏鱒二

阿佐ヶ谷の作家 = 小田嶽夫

高円寺の作家 = 高見順

フランス語の先生 = 青柳瑞穂

マチネ・ポエティク

汐留 = 小山弘一郎

ドクトル = 加藤周一

冨士 = 中村真一郎

日伊文化協会の詩人 = 福永武彦

ブリ子 = 武林無想庵の娘

黒眼鏡の光りを厭う君 = 堀辰雄門下の若い詩人？

国際文化振興会調査部

鮨屋で会った宰相 = 近衛文麿

元駐英大使の坊っちゃん = 吉田健一

ハクスレーの訳者 = 本多顕彰か 松村達雄か？

ヒトラー好きの批評家 = 芳賀檀

第二章

堀田善衞が旅したアジア

吉岡　忍

アジア作家会議の各国代表と。前列左からインド代表、ソ連代表、堀田、ネルー首相、ベトナム代表、ネパール代表。1956年、ニューデリーにて。

吉岡 忍（よしおか・しのぶ）
ノンフィクション作家。一九四八年長野県生まれ。早稲田大学政治経済学部在学中に、ベトナム反戦運動「ベ平連」に参加し、米軍脱走兵の逃亡支援活動に従事。「ベ平連ニュース」の編集長も務めた。一九八七年『墜落の夏　日航123便事故全記録』（新潮社）で講談社ノンフィクション賞を受賞。この他、一九八八〜八九年に起きた宮﨑勤による幼女連続誘拐殺害事件の背景に迫ったノンフィクション『M／世界の、憂鬱な先端』（文藝春秋）、共著に『ペンの力』（集英社新書）など。日本ペンクラブ第一七代会長（二〇一七年六月〜）。

脱走兵をかくまう

一九六〇年代後半から七〇年代中盤までの約一〇年間、世界の最大の関心事はベトナム戦争でした。東西冷戦の最中、西側超大国のアメリカがインドシナの弱小農業国ベトナムに五〇万人からの軍隊と最新兵器を送り込んで戦争をしていた。ベトナムは南北に分かれて対立していましたが、アメリカ政府は麻薬取り引きや賄賂の横行で腐敗しきった南ベトナム政府に肩入れしていた。いくら何でもおかしいだろう、というのでアメリカ国内外で批判が巻き起こります。

私が大学に入ったのは一九六七年春、戦争が激しさを増している時でした。高校生の時からこの戦争には関心を持っていましたし、大学を出たらアメリカに留学するつもりでしたから、アメリカには正気に戻ってほしかった。だから、入学手続きをするより先にベ平連（ベトナムに平和を！市民連合）のデモや集会に参加し始めたんですね。これは作家の小田実さんが代表となり、開高健、鶴見俊輔、鶴見良行、武藤一羊、吉川勇一さんなどが運営した日本で最初の市民運動です。

いろんなことをやりましたが、私が一番時間を割いたのは脱走兵の支援活動です。戦争で最も傷つくのは兵士ですが、大義も正義もない戦争にアメリカ兵自身が疲弊していた。一年間戦場にいて、やっと二週間ばかりの休暇をもらって日本の米軍基地にたどり着いた彼らが次々に脱走してきたんです。私は一八歳、彼らも一九、二〇歳か、二二、二三歳です。

その中の一人に、金鎮洙《キムジンスー》という韓国系アメリカ人がいました。休暇で東京に来て、右も左も分からなかった彼は、キューバ大使館に逃げ込んだ。キューバ革命からまだ数年、つい昨日のような時期ですから、何とかしてくれるだろう、と思ったんですね。でも、一年半もいたのに、どうにもならない。そのうち新聞やテレビでベ平連が米軍脱走兵を支援しているというニュースを見て、大使館を抜け出し、ベ平連の事務所に電話してきた。

たまたまその電話を取ったのが私でした。私は御茶ノ水駅で彼と落ち合い、それから半年後に北海道の漁港から国外に送り出すまで、あちこち連れ歩いたり、かくまってもらったりして世話することになります。彼はもう一人、私が世話をした黒人脱走兵と一緒に国《クナ》後《シリ》、モスクワを経由して無事にスウェーデンに到着しました。

スウェーデンは西側陣営で唯一、アメリカのベトナム政策を批判し、脱走兵や徴兵忌避者を受け入れていたんです。ちなみに、その政策を推進した当時のオロフ・パルメ文科相はのちに首相になりましたが、首相在任中の一九八六年、路上で暗殺されました。ニュースで知って、頭をガァーンと殴られたような気がしたものです。

で、その脱走兵援助ですが、こんな大がかりなオペレーションを大学一年生の私にできるはずがありません。文芸評論家の栗原幸夫さんが全体を取り仕切り、私は手足となって動いていただけです。手足ですから、脱走兵と寝起きしたり、あちこち連れていったりと、一緒にいる時間は長かった。その栗原さんが堀田善衛さんと親しく、逗子《ずし》の堀田さんの家にキムをかくまってもらったんです。ただ、その時は私は同行していません。

厄介な男

私が堀田さんの家を訪ねたのは、その三週間後くらいです。見ず知らずの若い外国人を三週間も預かる、というのは大変なことです。炊事洗濯をしてやる、日常の立ち居振る舞いにも気を使う、もちろんその上米軍の要請で彼を探している日本の警察を警戒しなきゃならない。それ以後も随分多くの家に脱走兵をかくまってもらいましたが、たいていへとへとになります。

さすがに堀田さんも疲れた表情でしたが、まず口にされたのは、「なかなか厄介な男だぞ、こいつは」ということでした。結構好き嫌いがある。明け方近くまで起きていて、ごそごそやっている。警察の目が光っているのに、メガネの度数が合わないから街の眼鏡屋に連れていけと要求するなどかなり強情、その他その他。

『橋上幻像』の第三部「名を削る青年」で堀田さんが書いた人物パク・チョン・スーのモデルになったのがこの脱走兵です。金鎮洙は一九四五年、朝鮮半島で生まれ、その後の朝鮮戦争で孤児となった。八歳か九歳でアメリカ西海岸の一般家庭に引き取られ、名前もアメリカ風に変えられています。高校を卒業したとたん徴兵され、ベトナムに送られ、そして脱走したというわけですが、この小説にあるように、名前を捨て、あるいは捨てさせられた過去を持ち、国家というものから離れたい、そして自分の居場所を探そうとして焦燥感に駆られている若者でした。堀田さんが「厄介」と言ったのは、この焦燥感の中身ですね。

国籍なんて普段は考えないが、その国家が戦争をし、こんな戦争はいやだ、間違っていると思っている自分が戦場に駆り出されたら、どうしたって国家とは何だ、と考えざるを得ない。国家から離れた時、自分はどこに行って、何者になるのか、なれるのか。これは近代の国民国家が成り立って以来、ずっとくすぶってきた問題です。

しかし、当時の私は脱走兵をかくまうことに一生懸命で、そんなことを考える余裕はありませんでした。それに彼らも私とそんなに違わない年齢でしょ。ドアーズやローリングストーンズを聴いたり（面白いことに、彼らはビートルズは全然好きじゃなかった）、東海道線の鈍行列車で関西に行ったり（新幹線は警備の目が厳しいので、なるべく使わないようにしていた）、ラブホテルを泊まり歩いたり（うちでかくまってやるよ、と協力してくれた経営者がいた）

の日々です。さすがにキムと私は顔を見合わせ、二枚重ねのベッドマットを二つに分け、別々に寝ましたけど（笑）。

『橋上幻像』主人公のその後

一九七五年四月、北ベトナム軍と解放戦線が当時の南ベトナムの首都サイゴンを陥落させ、ベトナム戦争が終わります。その少し後、いきなりキムから私のところに国際電話があって、二、三週間後に香港《ホンコン》に行くので会えないか、と言ってきました。どこにいるんだ、と聞くと、スイスだと言う。何でスイスだ、スウェーデンじゃないのか、と聞きましたが、口を濁している。

とっさに堀田さんの『橋上幻像』が頭に浮かびました。国家から逃れ、居場所を探している男ですね。

ともあれ会ってみよう、と思い、私は香港に行きました。

一〇〇万ドルの夜景を見下ろす高層ビル最上階のバーで再会したんですが、黒縁メガネをかけた「まんまるな顔」（と、堀田さんも書いています）はさほど変わっていなかった。以前と同じ、少し猫背です。

聞けば、彼はスウェーデンに無事たどり着いて、市民権をもらった。しばらくストックホルムで働いたが、当時の北欧にはアジア系住民が少なく、何となく居心地が悪かった。それでフランスや西ドイツ（当時）に出て、最後にスイスのドイツ語圏にたどり着き、事務用品や文房具を扱う会社に就職し、国際的なマーケティングの仕事をしている。香港へもその用事で来た、というようなことでした。

話しながら気がついたのは、彼の英語がものすごく下手になっていたということです。私の英語も相当いい加減ですが、私よりひどい。かつて脱走兵のキムを連れて逃げまわっていた時、彼は完璧な英語をしゃべっていました。そりゃそうですよね、もともとハングルの社会に生まれたけれど、孤児となってアメリカに引き取られて以降は、高校を卒業するまでずっと英語で暮らし、徴兵されてからも英語社会にいたわけですから。

しかし、脱走して一年半、キューバ大使館にいた時はスペイン語です。部屋に閉じこもって見ていたテレビは日本語ですね。それから私などと一緒に各地を逃げ回っていた間は、もちろんやりとりは英語でやりましたが、周りは日本語環境です。その後スウェーデンに着いて、スウェーデン語を習得して市民権をもらい、それからドイツ語圏のスイスに移り住んで、今に至っている。

私、キムに聞いたんです。「煙草の火が手に触って、思わず『熱いっ』と言う時、何語で言うの？」と。そうしたら彼はしばらく考え込んで、小さな声で「分からない」と言った。「熱いということは分かるけど、それを言い表す言葉はどれも自分のものじゃない」って。

これはもう本当に堀田さんの『橋上幻像』の世界です。次々に国家から逃れて、どこに自分の居場所があるんだと探し求めているうちに、通過してきた言葉がどれも自分のものではなくなっている。確かなのは、熱い、という感覚というか、痛みだけ。

でも、そうやって生きてきた人間がいるんです。しかも身近に、私とさほど違わない年代の男として生きている。私はそれは忘れたくない、と思いましたね。

『時間』の引け目

べ平連はシンポジウムや講演会をよく開きました。フランスから哲学者のサルトル、ボーヴォワール、アメリカから歌手のジョーン・バエズ、歴史家のハワード・ジンなども参加しましたが、堀田さんも人気講師の一人でした。

「あれ、何といいましたっけね、ニクソン（大統領）に言われてせっせとベトナム戦争に協力した男、日本の総理大臣……あ、そうだ、佐藤栄作だ。覚える価値のない男だから、忘れちゃうな」なんて、あの飄々《ひょうひょう》とした口調でしゃべり始めると、会場がどっと湧いたものです。

控室で堀田さんに会った時など、二人とも脱走兵の話はしません。脱走兵が逮捕されると軍法会議にかけられ、その先どうなるか分からないということもあって、やっぱりお互い、目配せするくらいのことはあっても、慎重になります。

当時、「国際化」という言葉はありませんでした。しかし、学生同士、喫茶店で話していると、「アラバマ州の大学生が戦争と人種差別に反対するデモをしていて、州兵に射殺されただろう。あれ、ひどすぎないか」とか、「パリの街頭デモ、随分広がったな」「中国の紅衛兵運動、どこまでやるつもりなんだよ」などと結構外国のことが話題になった。国際化は八〇年代から日本のスローガンになりますが、六、七〇年代のほうが世界は身近にあった。世界と一緒に動いている、という実感ですね。

とはいえ、私には劣等感というか、引け目がありました。相当強くありました。小田さんや鶴見さんにせよ、堀田さんにせよ、すでにたくさんの著作を出していましたから、当然私もいくつか読んでいました。堀田さんについて言うと、『広場の孤独』『時間』『上海にて』などですね。『スフィンクス』や『19階日本横町』も読んだかな。『ゴヤ』は連載中で、『ミシェル 城館の人』はまだずっと先の作品です。

南京《ナンキン》虐殺事件をテーマにした『時間』はすごい小説です。敗戦後、東京裁判でだいぶ詳しい状況が明らかにされ、多くの国民が日本軍はこんなこともしたのか、と驚いていた時期に、しかも妻子を殺された中国人知識人を主人公に、その目を通じて何万もの一般住民が手当たり次第に殺された事件を真正面から書いたんですから。

私はそれから十何年もして読んだんですが、二〇歳かそこらの私には歯が立ちませんでした。あそこには日本軍の残虐、凄惨な行為がこれでもか、というくらい出てきて、読んでいて日本人であることが恥ずかしくなります。堀田さんは敗戦前後に上海にいましたから、南京事件のことを知る機会はあったでしょうし、実際、その頃武田泰淳さんと南京にも出かけていますね。また、東京裁判の資料もたくさん読んで書き進めたと思います。

しかし、私が分からなかったのはあのタイトルの「時間」です。主人公は南京の紫金山を見て、人間の歴史以前も歴史以後もあの山はそびえているだろう、と思う。時間とは、史前と史後（これは堀田さんの造語です）に挟まれた人間の、あえて言えば短くも激しく、また途方もなくグロテスクでもある行為の歴史のこと。人間がいようがいまいが存在する非情な自然を前提にすれば、その手のひらの上でドタバタしている人間の卑小さ、その人間がつくり出す歴史の愚かしさが嫌というほど分かるだろう、と。

読んで、私は、分っかりませーん、と言うしかなかった（笑）。いや、文章では分かったし、堀田さんが言わんとすることも分かったつもりです。だけど、私は紫金山を見たこともないし、中国どころか、まだ外国に行ったこともなかったんです。だから、主人公のあの切迫した物言いがピンとこないんです。

引け目、と言ったのはこのことです。私は東京にいて、いろんな活動をしたり、本を読んだりしていましたが、現場らしい現場、現実らしい現実を見たことも、体験したこともない。堀田さん、あるいは小田さんや開高さんとしょっちゅう顔を合わせ、いろんな話を聞けば聞くほど、私は自分が知っていることなんか、どれも単なる情報にすぎないじゃないか、と思うようになっていました。

乱世を書く

堀田さんは『ゴヤ』『ミシェル 城館の人』、それからスペインに滞在しながら書いた多くのエッセイでヨーロッパ文学系の人と思われているかもしれません。堀田さん自身、そもそも敗戦前に上海に行った理由についても、そこからヨーロッパに潜り込めるかもしれないという魂胆があった、というようなことを書いていましたね。

しかし、途中下車のつもりだった上海で見聞きし、体験したこと、南京で感得した歴史観、というより歴史に向き合う姿勢、歴史認識の構えがずしっと精神の底に沈んで、その後の作品でも基調となったのではないか、と私は考えています。ヨーロッパを舞台にしても、堀田さんの首根っこをグイッと中国に向けさせてしまう、そういう強烈なものが上海や南京にはあった。

そのことをかなり直裁に綴ったのが『上海にて』でしょう。戦後十数年、井上靖、中野重治、山本健吉さんら日中文化交流の作家グループと旅した時の記録ですが、一種異様な旅行記です。堀田さんはすっかり様変わりした街をさまよいながら、どんどん過去へ、自分がいた頃の上海へ帰っていって、『時間』の主人公に言わせたような自然と歴史と人間について、「豊かであって同時に酷薄苛酷を極めたようなアジアの自然の面構えは、人間とこの世界について徹底したことを考えさせてくれる」と語っていく。

中国、あるいはアジアの自然は、人間なんていなくていいよ、と言わんばかりに広大苛酷です。しかし、史前と史後の間にやっぱり人間はいて、人間は「徹底的な激烈さ、残虐さ、とにかく人間という人間の、徹底的な何物か」を通じて、かろうじて歴史というものを刻んでいく。

随分後になって、堀田さんがスペインに移り住み、『定家明月記私抄』を書かれていた頃、たまたま東京に戻ってこられた折、私は青山の喫茶店でお茶をご一緒したことがあります。「あっちで藤原定家を書くって、どういう気持ちですか」と聞いたら、堀田さんは「簡単だよ、そんなものは。僕はね、日本にいて『ゴヤ』を書いたんだ。向こうで『明月記』について書くぐらい、別にどうってことないよ」と、さらりとおっしゃった。

驚きましたよ（笑）。でも、考えてみれば、そうなんです。堀田さんはしばしば「乱世」という言葉を使いましたが、人間の徹底した激烈さが噴出し、世の中がぐらりと変わる、その歴史の舞台が乱世です。だから、神が支配したヨーロッパ中世をやっと抜け出した人間界を描き続けたゴヤを書いた時も、旧教・新教の対立が激化した時代に『エセー』を綴ったミシェル・ド・モンテーニュを書いた時も、堀田さんにはヨーロッパを書いたというつもりなど全然なくて、人は乱世をどのように生き得るか、ただそれだけを考えて書いたんだと思いますね。『方丈記私記』の鴨長明、『定家明月記私抄』の藤原定家を書いた時も同じでしょう。

言い換えれば、あの戦争、上海や南京で見たすさまじい光景は一文学青年だった堀田さんの精神に、生涯に渡って格闘させるような課題を植えつけた、いや、もっと強引にねじ込んでしまった、ということではないでしょうか。

『インドで考えたこと』

しかし、順番から言うと、今挙げた作品は、私が最初に読んだ本ではありません。こんなややこしい本を初めに手に取らなくてよかった（笑）。実は最初に読んだのは『インドで考えたこと』だったんです。

これは一九五六年（しかし、思えば『時間』が書かれた直後です）、堀田さんがインドで開催された第一回アジア作家会議の書記局員として現地に滞在した時の見聞録です。冒頭がいいんです。

飛行機がだんだんインドに近づいていって、窓の下にタイやビルマ（ミャンマー）の大河が見える。その放縦な流れにびっくりしていると、次にガンジス川が見えてきて、次に見えてきたのもガンジス川、その次もガンジス川という具合で、強烈な存在感を持つデカン高原にとんでもない大河がクモの巣のように流れているさまに腰を抜かします。

これって、ただの観光客の目です。何も知らない国に手ぶらで入っていって、目にするもの一々に驚いたり、尻込みしたりする。地上に降りると、夜だというのに人、人、人がごった返している雑踏に目を丸くする。ところがなぜか男ばかりで、女の人が一人もいない。貧窮、住宅難、人口過多。街頭にも人が寝ていて、中には死んだ人もいるかもしれない。とにかくびっくりすることばかりです。

読み進めれば、複雑きわまりないインドの現実ばかりか、中央アジアの小国家群の現状、イスラム世界との抜き差しならぬ交流史など、ひと筋縄ではいかない背景事情がいろいろ解き明かされますし、そもそも堀田さんは国際会議を一から立ち上げるために来たわけですから、初対面の作家たちの相手もしなければならない。「あんた、誰だっけ」から始まって、個々の作家が背負った歴史や文化にも分け入っていく。

さすがにそこは大インテリの堀田善衞ですから、頭の中の知識を総動員し、一を聞いただけで十を理解してしまうんですが、でも、そこで箇条書きみたいに整理してしまうのではなくて、ぐちゃぐちゃはぐちゃぐちゃのまま見たり聞いたりした通りに、世界が重層的に描かれていきます。

「はじめに」に「行儀のわるい思想旅行、思考旅行、抽象旅行の記」とありますが、これなら私にも分かります。堀田さんと一緒にとんでもない現実に出くわして、一緒に悪戦苦闘しているような気になって読んでいけたからです。

分からないことは分からない、と書く。手に負えなければ、それはその通りに書く。知ったかぶりをすると、たいてい物事を小さく捉えて、巨大な問いには答えていないし、巨大な問いがあることにすら気がつかなくなります。また、にわか勉強をして、あたかも最初から分かっていたみたいに啓蒙《けいもう》的に書いてしまう人もいれば、だらだら書いて、まとまりのない文章になる人もいる。

堀田さんはこの『インドで考えたこと』を書いた時、かなり意識的に文体を作り出したと思いますね。分からないことを分からないままに書いて、それでも読者をぐいぐい引っぱっていきながら、大きな問いを探り当て、世界の大きさや歴史の複雑さと人間の奇っ怪さを示してみせる。これは芸ですね、私に言わせれば。

そして、困惑も苦労もうんざりするほど味わった旅の終わり、「どす黒い砂漠のようなアラビア海」を前にして、あの決め台詞《ぜりふ》が口を突いて出てきます。

「その歩みがのろかろうがなんだろうが、アジアは、生きたい、生きたい、と叫んでいるのだ。西欧は、死にたくない、死にたくない、と云っている。」

日本アジア・アフリカ作家会議

生きたい、と叫んでいるそのアジアを私が最初に旅したのは、ベトナム戦争の終わりが見えてきた頃です。反戦運動に関わってきたけれど、マスコミや本を通じて知っているだけで、この目で戦争当事者のアメリカもベトナムも、その他の国々も見たことがない。私は一つひとつの情報や知識を自分の目で確かめ、現地を歩いてみようと考えたんです。それから数年間、メキシコ、アメリカ、香港、中国、台湾、タイ、ミャンマー、ベトナム、マレーシア、シンガポール、インドネシア、韓国、それからまたアメリカ……貧乏旅行ですが、一年の半分以上を外国で過ごした年もありました。

どこへ行く時も、鞄《かばん》に二、三〇冊の本を詰め込んでいました。その本が書かれた場所、舞台となった街で読み、現場を歩いてみる、そういう旅でした。今挙げたような堀田さんの本はもちろんありましたし、金子光晴、竹山道雄、小田実、開高健、三島由紀夫、魯迅、ヴォネガット、スタインベック、オーウェル、コンラッド、モーム等々ですね。現地の小説家や詩人の英訳本は現地で買いました。

そうやって私が日本と外国を行ったり来たりし始めて間もなく、一九七三年に野間宏議長、堀田善衞事務局長の日本アジア・アフリカ作家会議が設立されます。堀田さんがインドにいらしたアジア作家会議の、いわば日本センターですね。脱走兵支援活動でいろいろ教えてもらった栗原さんもその一員だったということもあって、私も名ばかりの会員になります。

その日本の作家会議が一九八一年、神奈川県川崎市の会場を借りて「アジア・アフリカ・ラテンアメリカ文化会議」を開催した時、私も事務局に入って、ちょっとお手伝いをしたんです。遠くはアフリカや南米から、近くは台湾、フィリピン、インドから小説家や詩人が二〇人くらい来日しましたが、あの時の堀田さんは印象的だったですね。

確か一日目のシンポジウムが終わった夜だったかな、堀田さんはインドから来た年配作家とちびちびワインを飲みながら、昔話をしていたんです。四半世紀前のアジア作家会議、あれは大変だったなあ、というような話。『インドで考えたこと』に書かれていたことですね。そのインド人作家も書記局に入って苦労した方だったんでしょう。

そこへ亡命パレスチナ人の作家がウイスキーの壜《びん》を抱えて、割り込んできた。話題は一転して、ガッサーン・カナファーニーのことになりました。カナファーニーはパレスチナ出身の作家としては世界で最も知られた人でしたが（日本でも代表作『ハイファに戻って／太陽の男たち』が翻訳出版されている）、その九年前、レバノンで暮らしていた時、自家用車に仕掛けられた爆弾で殺された。イスラエル諜報《ちょうほう》機関の仕業と言われたが、証拠はあがらなかった。「何か分かったことはないのか」と堀田さんやインド人作家が聞くと、そのパレスチナ人作家はひそめた声で何やら説明していました。

堀田さん、インド人作家、パレスチナ人作家、そしてカナファーニー。彼らは単なる知り合いではなく、友人同士だったんですね。インドで始まったアジア作家会議は、その後アフリカ諸国を加えて拡大したものの、東西冷戦、中ソ対立、アラブ世界内部の分裂などのあおりを受け、厳しい運営を迫られていました。

しかし、全体はそうであっても、当初から苦労を分け合った作家たちは個々人としてつながり、お互い初老となった身を寄せ合って小さなテーブルを囲み、暗殺された仲間の話をしている。作家は小説を書いて殺されることもある、彼らはそれも分かっている、それが世界だということも知っている。その場の光景は、作家同士の国境を越えたつながりがどういうものか、ありありと見せてくれたものでした。

余計なことですが、その時ウイスキーを包んであった濃紺ビロードの袋はその光景のメモリアルとして、今も我が家の引き出しにしまってあります。

ルポルタージュは「民間文書」

私がノンフィクションを書き始めたのは三〇歳を過ぎてからです。当時の一般的用語では、ルポルタージュですね。学生の頃からエッセイやコラムなどは新聞・雑誌などから依頼されて書いていましたが、それは小原稿ですから勘定に入らない。数年がかりで世界各地を旅してきて、やっと情報や知識が少しずつ経験化され、いくらか身体化してきたかな、と感じられてからですね。

その頃読んだ堀田さんの、これは小説じゃなくて昔の論文がありました。神田の古本屋で見つけて読んだんですが、岩波講座「文学」の第八巻「日本文学の問題」(一九五四年刊)に、堀田さんは「文学とルポルタージュ」と題した文章を書いています。

あ、今気がついたけど、ちょうど『時間』を書いている頃ですね。そうか、『時間』は南京事件を中国知識人の目で描いていますが、あの凄惨な出来事をどうやって書くか、堀田さんもいろいろ考えていたのかもしれない……。主人公を田舎の農夫にするか、路上の商人にするか、都会のインテリにするかで、ストーリーも目の当たりにする出来事も、その描写も全然違ってきます。あの小説は日記体ですが、手法としてはルポルタージュです。視野が広くて、分析的、思索的なんです。そういう視点を確保するために、中国知識人を主人公に据えたのかもしれませんね。

ともあれその論文で、堀田さんはロシア革命を描いたジョン・リードの『世界をゆるがした十日間』などを例に挙げて、ルポルタージュは「民間文書」である、ということを強く主張していた。言う意味は、例えばこのロシア革命にしても、我々の社会の出来事にしても、せいぜい一、二行の記録しか残らない。まして百姓一揆とか米軍基地や射爆場建設に反対した住民のことなどは、むしろ権力側や官の側が記録を抹殺してしまう。かくして歴史は公文書や官製文書によって一方的に書かれてきた。

対してルポルタージュは、一人の書き手が現場を駆けまわり、人々の動きを凝視し、その声に耳を傾けて記録される民間文書なんだ、と。たとえそれが敗れた闘争であったとしても、単に負けたのではない、人はその中でこう闘い、このように生きたのだと具体的に伝える民間文書があることは絶対に必要だし、それが我々を励まし、思想を深めるのだ、というようなことですね。

これを読んで、ま、もちろんそれだけではありませんが、私はしばらくルポルタージュ、今ならノンフィクションですが、現実や現場に身をさらす仕事をやってみよう、と考えました。八〇年代は情報化時代などと騒がれ、情報や知識を集め、手際よく加工すればビジネスはもちろん、小説や評論もできてしまう、そんな雰囲気がむんむんしていた時代ですから（バブルは文学や文化にも及んでいた、ということです）、四半世紀遅れで読んだ堀田さんの論文は私の背中を押してくれました。

アメリカ――堀田善衞が書かなかったもの

ルポルタージュやノンフィクションは文学の一分野とはいえ、ジャーナリズムとも近いですね。『インドで考えたこと』、またその後の『キューバ紀行』などは、今の基準でいえば完全にノンフィクションです。しかし、堀田さんはその役割の大きいことを主張し、時々はジャーナリスティックな発言もしながら、ご自身では決して触れなかったテーマがあるんですよ。

アメリカです。ほとんど書いていません。

戦後七十数年間、日本のジャーナリズムの最大のテーマは何かと言ったら、アメリカでしょう。政治・経済・軍事ばかりでなく、映画や音楽やファッションからライフスタイルや郊外ショッピングモールの様式まで、いい悪いは別にしてアメリカ抜きには考えられない。あの司馬遼太郎さんにだってアメリカ紀行があります。アメリカを論じるのは、いわばジャーナリストの条件でもあった。でも、堀田さんは書いていませんね。

私はそのことを質問する機会を逸してしまいましたが、きっとこれにはわけがある。日本、中国、ヨーロッパに比べたら、そりゃ確かにぽっと出の新興国、二、三〇〇年の歴史なんか論じても仕方なかろう、と思われていたかもしれませんが（笑）、多分それだけではないですね。

『上海にて』に、少しアメリカについて触れたところがあります。日本が敗戦し、堀田さんが蔣介石《しょうかいせき》の国民党宣伝部に雇われていた頃（堀田さんは「留用」された、と言っていましたね）、上海市民がどうアメリカを見ていたか、というところです。労働者たちは工場を接収し、結局使いものにならなくしてしまった国民党を嫌っていたが、同時にアメリカをも嫌っていた。どちらも本来は、日本軍を追い出してくれた解放者ですよ。

どうしてかといえば、アメリカは国際機関や国民党機関を通じて、日用品から産業機器まであらゆる種類の「救済物資」を中国にばらまいた。手続き的には関税をただ同然にし、安価に流し込んだということですが、すべてアメリカ製品、しかも戦争中に大量生産してしまい、アメリカ政府としても処分に困っていたものをダンピングして売り払ったわけですね。これによって上海地場の中小零細企業は「救済されて昇天しかねまじいことになっていた」（筑摩書房版『上海にて』より）という事情があったからです。

この時アメリカは、これら物資は戦争で疲れ切った中国人や上海市民のためだといって、にこにこ善意の顔で運び込んだに違いない。戦後の日本でもそうでしたね。子どもを栄養失調にしないために、と余剰農産物の脱脂粉乳を全国の小学校で配りましたから。私もほんのちょっとですが、灰色がかったあの強烈にまずいミルクを鼻をつまんで飲んだ記憶があります。

しかし、日本の当時のメディアも、おそらく上海のメディアもそんな経済的なカラクリには一切触れずに、アメリカの善意は素晴らしい、さすがに自由と豊かさの国だと歓迎したんじゃないでしょうか。触れないというより、気がつきもしなかったのかもしれない。

さらに想像をたくましくすれば、アメリカ政府、アメリカ人自身も、本気でこれは善意だと思っていたのかもしれませんね。

こういう底の浅いものの見方は、戦前・戦中とさんざん「鬼畜米英」「アメリカ何するものぞ」とあおったジャーナリズムにまっすぐつながっているし、また別方面から考えれば、そもそもアメリカという国家自体にそんな無邪気さがありはしないか、と堀田さんは疑っていたような気もします。とにかくアメリカについては本格的に何も論じなかったことに、私は堀田さんの戦後ジャーナリズム批判があった、と思うんですね。

歴史を見通す目

3・11の東日本大震災が起きた時、すぐに私は宮城県と岩手県の被災地を一つひとつ歩いて、二週間後には東京電力福島第一原子力発電所の近くまで入りました。まだ濡れている瓦礫《がれき》が埋め尽くした町には人っ子一人いないし、線量計は鳴りっぱなしだし、何だか……月の表面を歩いているような不思議な感じでした。

すぐに頭に浮かんだのは、どうしてこんな物騒な原発が福島県にあるのか、という疑問です。戦後高度成長期に乗り遅れたせいだ、いや、戊辰《ぼしん》戦争で敗けたからだとか、いろいろ言われますが、突き詰めていくと古代史以来、この国の歴史全体を貫いている東北差別の問題にどうしても行き当たります。

最初は『古事記』『日本書紀』の両方に出てくるヤマトタケルの東夷征伐ですね。第一二代景行《けいこう》天皇の時とされていますが、以来、当時は日高見国と呼ばれた東北一帯がじわじわと大和国に侵略されていく。次の侵略の波は北上山地に金が発見され、それが奈良の大仏の鍍金《ときん》に使われ、東北の経済的価値が知れ渡った時にやってくる。

この間に、大化改新があります。のちに天智《てんじ》天皇として即位する中大兄皇子《なかのおおえのおうじ》が宮廷クーデターを起こし、それまで各地の貴族豪族が私有していた土地と百姓を取り上げ、すべてを朝廷が管理する一大改革を行った。公地公民制とか、班田収受法とか、教科書にも出てきます。私有制を否定した中央集権ということですが、これは東北にも及んで、大和政権の出先機関として多賀城（宮城県）の城柵などが整備されます。

古代史の本を何冊も引っぱり出してそのあたりのことを復習していた時、ちょっと頭が疲れたので、堀田さんのエッセイ集『めぐりあいし人びと』を手に取ったんです。堀田さんの本がやさしいというんじゃありませんよ（笑）。この本は旧知のジャーナリストや編集者を相手に自伝的回想をざっくばらんに語ったものなので、読みやすかったというだけの話です。ところが、驚きましたねェ。パッと開いたページで堀田さんが大化改新についてしゃべっているじゃないですか。

その章は「昨今のソヴィエトを見て思うこと」というタイトルですが、一九世紀ロシア文学を近代日本の文学者がどう受け取ったか、それはヨーロッパの文学者とどんな具合に違ったかなどと語りながら、現代日本の国際性のなさと奈良・平城京の人口の半分が外国人だった等々と話が飛んで、

「この奈良時代というのはよく調べてみるとなかなかおもしろい時代なんですね。たとえば、班田収授法というのがありますが、あれは土地をすべて国有にして、それを農民たちに等しく分け与え、税をとるわけです。これは要するに、ソヴィエトのコルホーズ、ソホーズの形態と同じです。（中略）ところが、そんな窮屈なことをやられてはかなわないということで、結局七十年くらいしかもたなかった。偶然とはいえ、こ

の暗合はおもしろい。ソヴィエト共産党がやはり七十年ですね。そうやって考えると、奈良時代の律令制というのは、いわば一国社会主義だったといえるかもしれません」

（『めぐりあいし人びと』集英社文庫、一一六、一一七頁）

と、わき道の話題のところで出てくるんです。

言われてみれば、大化改新は確かにソ連社会主義です。古代史の本で公地公民だ、班田収受だなどと説明されてもピンとこなかったことが、一発で分かる。古代史と社会主義の崩壊がいっぺんにつながって、あの強引な中大兄皇子も、ロシア革命指導者のレーニンの顔に見えてきます。

歴史を知って現代の世界を見るとはこういうことか、と思いましたね。それこそ本当はジャーナリズムの仕事のはずなんですけどね。

堀田善衛を読む意味

今スマホでもパソコンでも、情報や知識は簡単に手に入ります。近くのおいしい店やバスの運行表も分かれば、中大兄皇子って誰だっけ、レーニンって何者だ、と検索すれば、たちどころに教えてくれるから記憶する必要もない。情報は簡単に手に入るし、したがって簡単に忘れてしまう。逆に言えば、これは途方もない無知が広がっている、ということではないかと思うんですね。

堀田さんの本を読んでいて心地よいのは、今のソ連崩壊を目の当たりにして大化改新に連れていってくれた話のように、歴史と現在がパッとつながる。知識がいきいきと動いている感じが手に取るように感じられるからです。鴨長明や藤原定家も、ゴヤやモンテーニュも、堀田さんの手にかかると、我々と大して違わない現代人ですね。

この把握の仕方の背景には、人間なんていようがいまいが、ただっ広くも峻厳《しゅんげん》な自然は遠い過去にも遠い未来にも存在していて、そのちょっとした隙間を借りて、たまたま人間はそれぞれの時間を時にはひたむきに、時には愚かしくもグロテスクに生き、それが歴史として積み重なってきただけのことだ、という世界観がある。私にはそんなイメージがあるんです。

しかし、この域に達するには相当に広く世界各地を飛び回り、ちょっと見たくらいでは理解不能の現実に出くわし、手に負えない人物たちに会って、分からないことは分からない、と何度も降参した経験がなければならない。それを分かろうとして歴史にさかのぼってみたり、他の地域での出来事や経験を引っぱってきてみたりする、それが堀田さんの作家人生だったんじゃないか、という気がするんですよ。

でも、これだけあちこちを旅してまわったという近代以降の作家は、小田実さんを別にすると、ちょっと思いつきません。この二人は例外的で、昔から日本人は国内にじっとしている民族ですね。これは堀田さんも言っていることですが、日本人は外の動きをインフォメーションとしてしか受容してこなかった。遣隋使、遣唐使以来、ずっとそう。

さっき平城京には外国人が人口の半分くらいいた、という話がありましたが、これは日本史上では例外的な一時期でしょう。百済《くだら》が唐と新羅《しらぎ》の連合軍に破れた時、中大兄皇子が百済残党の要請で唐軍に挑んでこてんぱんにやられた白村江《はくすきのえ》の戦いの後、百済からどっと難民が押し寄せ、都周辺に住み着いたからですね。

以来、これに懲りた日本は内に閉じこもりっぱなしです。外に出ていけば、秀吉の朝鮮外征にしても、満州事変や日中戦争にしてもろくなことにならない。その間には三〇〇年近く鎖国して、外から入ってくるものも拒んでいる。堀田さんが懸念されたのは、これからの日本はどうしたって国際社会の中で生きていかなければならない、それは生身の外国人を隣近所として一緒に暮らすことなんだぞ、その備えが、インフォメーションばっかりいじくりまわしていたのではできないだろう、ということです。

ジャングルの詩人

話は戻りますが、ベトナム戦争ではすさまじい戦闘が行われました。アメリカ軍は空爆を何万回もやり、ロケット砲、ナパーム弾、ボール爆弾と、当時の最先端の兵器が惜しげもなく使われました。あの狭い国土に第二次世界大戦で使われた量を上回る爆弾が落とされ、二〇〇万人以上のベトナム人が死に、およそ五万八〇〇〇人のアメリカ兵も死んだ。

二〇〇一年の9・11同時多発テロをきっかけに始まった対アフガニスタン戦争のアメリカ側の死者がこれまでに約二五〇〇人ですから、いかにすごい戦争だったか分かるでしょう。『プラトーン』『フルメタル・ジャケット』『地獄の黙示録』など、ベトナム戦争の映画も話題になりましたが、どれも激しい爆撃と戦闘の場面の連続でした。

ですから八〇年代の初めだったかな、堀田さんも関わっていらした（といっても、ほとんどスペインに滞在中でした）日本アジア・アフリカ作家会議からの派遣でベトナムに行った時、私の頭にあったのもこの激烈な戦争のイメージだったんですね。

この時は私一人でしたから、北から南までかなり気ままに旅行をし、向こうの詩人や小説家たちにも会いました。戦争が終わってまだ数年ですから、会えば、話はどうしても戦争中のことになります。食べ物や住まいのこと、戦火の中で結婚式を挙げたこと、そのための祝い酒をどう調達したかとか。なるほど暮らしが戦争そのものであってみれば、二年単位で入れ替わるアメリカ兵はいわばパートタイム、いくら先端兵器をもってしても勝てるわけないいなと思ったり、ま、のんびりした旅でした。

ホーチミン市にいた時、農民服にサンダルを引っかけた男がホテルに訪ねてきました。どこかで私のことを聞いて、会いたいと思ったんだそうです。私と同年配で、詩人だと名乗りましたが、英語はさっぱりだめ。通訳に入ってもらっていろいろ話をしたんです。

彼は北ベトナムの田舎で生まれ、一〇代半ばで軍隊に入り、通信兵としてアメリカ軍と戦った。通信といっても、無線機は傍受されるので、全部ケーブルで結んだ有線通信です。

ジャングルの中に電線を引きまわし、南ベトナムの最南端から北ベトナムの最北端、中国との国境あたりまでつないでいた。総延長は日本の北から南までとほぼ同じ、二〇〇〇キロメートルを超えていたでしょう。

彼の任務は南ベトナムのジャングルに一人でこもり、二キロメートルくらいの担当区域のケーブルを保守することだった。後で案内してもらいましたが、ベトナムのジャングルは怖いくらいに奥深く、昼でも日が射し込まない。そこに時々アメリカ軍の爆弾が降ってくると、ケーブルがズタズタにされる。走っていって、それを修理する。それが仕事です。

食べるものはジャングルで捕まえたカメやヘビやトカゲです。昼間は煙が立つので、夜中、地面に掘った穴の中で小さな火を燃やし、そっと料理するしかない（私もその場で料理してもらって食べました。おいしかった）。たまに補充のケーブルを運んでくる仲間がいるが、いつも一人です。アメリカ兵とも遭遇しない。戦争はまだやっているのか、終わったのも知らずに取り残されているのではないか、と不安になったそうです。

そういう密林の仕事を七年間やった。誰ともしゃべらないから、やがて言葉を忘れていくことに気がついた。最初は地面に単語を書いた。次に、仲間に紙とボールペンを持ってきてもらって、言葉を書き、文章を書いた。書いているうちに、それが詩のようなものになった。といっても、題材は限られています。自分を取り囲んでいるジャングルという空間、その上にかぶさっている戦争という空間、自分の中にもやもやと広がっている記憶や意識という空間。

戦争が終わった時、その詩はほとんどできていたそうです。それをジャングルを出てきてから「空間」という詩にまとめて発表すると、大きな話題になりました。通訳もびっくりしていましたが、地味な農民の格好をしていた彼はその少し前、ベトナムの文学賞を受賞した有名な詩人だったんです。

有名無名はともあれ、私は、こんな戦争もあったのかと驚いたと同時に、詩は、また文学はこんなふうに生まれることもあるのか、と鳥肌が立つような思いがしました。これもベトナム戦争の歴史の一部です。

堀田さんの時代には、堀田さんの時代の出来事があり、我々の時代には、我々の時代の出来事があります。大事なことは、どちらもインフォメーションではない、単なる情報や知識ではないということですね。そういうものをきちんと見る、全身で受け止める、それが文学や歴史認識につながっていく、ということだと思います。

第三章

「中心なき収斂《しゅうれん》」の作家、堀田善衛

鹿島　茂

モンテーニュ城の前で。1987年11月撮影。

鹿島 茂（かしま・しげる）

フランス文学者。一九四九年神奈川県横浜市生まれ。専門は一九世紀フランス文学。一九七三年東京大学仏文科卒業。一九七八年同大学大学院人文科学研究科博士課程単位取得満期退学。現在、明治大学国際日本学部教授。『職業別パリ風俗』（白水社）で読売文学賞評論・伝記賞を受賞するなど数多くの受賞歴がある。著書に『東京時間旅行』（作品社）、『悪の箴言（マクシム） 耳をふさぎたくなる２７０の言葉』（祥伝社）、『神田神保町書肆街考――世界遺産的〝本の街〟の誕生から現在まで』（筑摩書房）など多数。

総合性の文学

一九九四年、筑摩書房から『堀田善衞全集』が出た時、僕が月報に文章を寄せたのがご縁で、全集が完成した時のパーティー（一九九四年一〇月一八日）に呼んで頂きました。そこで堀田さんに初めてお会いしたのです。予想していた通りの大インテリだなという印象でした。今では、歴史や文学、社会などを総合的に捉えることのできる人はほとんどいなくなりました。野間宏さんや武田泰淳さんなど、あの世代の方々の多くは、ある種の総合性を持っていますが、堀田さんも明らかに総合性を持った文学者でした。

どういうことかというと、日本の文学の主流は、いわゆる私小説です。つまり、私《わたくし》とその周辺のことだけを考えて書いている。それが日本的な個人主義ですが、堀田さんの考える個人主義は、他の人との横のつながりも書いている。

フランス語に、"solidarité"（ソリダリテ）、連帯という言葉があります。これはフランスを理解するためのキーワードです。この"solidarité"を求めるということは日本にはない。これが日本という国の一つの特徴です。フランス文学はどんなに身勝手な文学のように見

えても、"solidarité" つまり社会というものを通して、他の見ず知らずの人と、ある種の連帯を求めていくという要素があります。

ところが、日本の私小説は、個人主義的というところは似ていますが、社会の部分が決定的に欠けている。だから、日本の私小説はかなり特異な文学になるわけです。

この社会とは何かと言ったら、自分ではない他者です。他者の中に自分を見出《みいだ》し、自分の中に他者を見出す。そういう視点が日本の私小説には決定的に欠けている。

堀田さんの世代は、おそらく非常に理不尽な軍隊体験を介して、戦争のような理不尽な、外的な暴力が襲ってきた時には日本的な私小説では太刀《たち》打ちできないと考えたのでしょう。どんなに強靭な個人主義者のように見えた人でも、たやすく戦争イデオロギーに回収されてしまう。そういうものと何とか対抗できるものはないかと考えたのだと思います。それが、連帯ということになると僕は思います。

個人と国家の間にある連帯

普通、個人と国家の間に中間団体があります。中間団体というのは非常に広い意味を持っていて、例えば軍隊、会社、学校、宗教組織なども中間団体です。それらがさまざまな要求を互いに突き付けて、その拮抗《きっこう》するところに国家が出来上がるという構成を取っている。ところが日本的な中間団体は、一つの家族が延長されたようなものとして存在している。

一方、ヨーロッパでは、フランスの場合が典型的ですが、カトリック教会が片方にある。もう片方には労働組合がある。国家がどちらかの方向を向こうとすると、これらの中間団体がそれに反対したりして、大きな抵抗の牙城になることが多いのです。国家が右に行こうとすれば労働組合からの反対があるし、左に行こうとするとカトリック教会からの反対がある。このように、中間団体が抑止力として機能しています。

ところが、日本では中間団体はあるものの、そういう抑止力がどうも弱い。例えば仏教のような宗教団体は、かつては比叡山《ひえいざん》とか一向宗とか、織田信長に対抗する勢力としてあり得たわけです。ところが現代では、宗教団体が、自民党とか、あるいはその他の党派の集票マシーンになっている。労働組合は労働組合で一時は非常に力を持っていましたが、それも解体されてしまって、今や個人が、モナド（単子）のような孤立したものになった。みんなそれぞれが iPhone や iPad を抱えてピコピコやっている。そういう形になってしまった。

日本的な抵抗勢力の弱さを、堀田さんたちの世代は戦中に嫌というほど感じたはずです。だから、昭和の前期まではあれほど左翼運動が強かったのに、戦時体制になっていくと、あれよあれよという間に政府の協力団体になって、自ら進んで近衛新体制や昭和研究会などのファッショ団体に一元化された。国家が、ほとんど中間団体抜きで、個人と結びついていくという、全体主義ができあがる。それもあっという間です。

第一次戦後派と呼ばれる文学者たち、堀田さんもそれに属しますが、彼らは、戦前の全体主義化はなぜ起きたのかと考えるところから始まったのでしょう。それぞれの視点で、あれは一体どういうことだったのかと、小説を書いていったわけです。

しかし、昭和も後期になると第一次戦後派は古臭いというのが支配的な思潮となる。つまり、日本の社会がかなり豊かになってくると、第一次戦後派的な、「国家の独走を許さない」とか「連帯を基にして何かをつくっていこう」というのが野暮ったく感じられた。実は僕もそう思っていたのです。

ところが、グローバリズムによって格差がどんどん広がっていくと、いや、やはり彼らが言ったことは全く古びていないのではないか、と。逆に、今こそ本当の意味での労働組合とか左翼政党とか、そういうものをちゃんと立ち上げなければいけないのではないかという気になってくる。そうしないと、近衛新体制に流されていったのと同じ道をたどる可能性は多分にある。だからここにきて、もう一回、堀田さんの本を読んでいく必要があると考えています。

抵抗としての仏文選択

自伝小説『若き日の詩人たちの肖像』を読むのが堀田善衞という文学者を理解する近道です。あの世代は個人と社会と国家という関係に思いを致さざるを得なかった。堀田さんは最初、慶應義塾大学の法学部政治学科の予科に入学しますが、一九四〇年、開戦直前に仏文科に転科します。この選択は、破れかぶれに見えますが、実は、その逆というか、これだけが唯一の抵抗ということだったのではないでしょうか。それは戦後の人間たちが、仏文がカッコイイからなどといって選ぶのとは全く違う、抵抗としての仏文選択だったと思います。

あの小説は非常に象徴的なことに、二・二六事件のあった雪の日から始まります。

窓枠にたまる雪を見上げながら少年はその兄の帰宅を待っていた。しかし兄は帰らなかった。

兄は帰らなかったのではなくて、友人宅へ麻雀をしに行って、すでに二月二十六日の午前に入っていて、実は帰れなかったのであった。

後日二・二六事件と呼ばれる、軍隊の叛乱が起っていたのである。しかしこの雪の日に、下宿にとじこもって受験勉強をしていた少年は、夕方近くまで何事も知らなかった。国家というものには、それが国家である以上は、内乱がつきものであるということについても、少年は何事も知らなかった。それはいかなる国の歴史にもあったし、これからも屢々《しばしば》あるものの筈であるということも知らなかった。そうして国家は、そのときの時限においてその成り立ち方をくつがえそうとする者に、死を課するものであるということも本当には知らなかった。町には物音はなく、雪のなかでひっそりとしていた。

（『若き日の詩人たちの肖像』上巻、集英社文庫、一三、一四頁）


大学受験のために上京してきた二・二六事件の日から、その後、応召される直前までを描いています。あの世代の文学の金字塔だと思います。

中心なき収斂

僕は、前述の『堀田善衞全集』の月報に、「中心なき収斂」という言葉で、堀田さんの文学の特徴を表しました。どういうことかというと、小説美学として、中心に向かって求心的な形で小説や詩をつくり上げる、また、そうしなければならないという考え方があります。

ところが、こうしてつくられた小説は読んでいる時は、「うん、すごい、すごい」と思って納得するけれど、読み終わるとそれで終わってしまう。不思議なことに、そういう小説は、確かによく書けているものの、何か引っ掛かりがない。ぎゅうぎゅうと、中心に向かって求心的に組み立てられた作品は、小説としては点数が高い。新人賞を取る小説はみんなそうです。中心があるほうが分かりやすいから、点が付けやすい。けれども、後でいろいろ考えさせられるかどうかというと、そうではない。なぜかというと、作家が考えて練り上げた選択肢以外に答えはないという形になっているからです。

多分、堀田さんも小説を書き始めた時は、そういうふうにつくっていたのかもしれません。けれども、『広場の孤独』を書いた時に、彼は彼なりの小説美学を見出したのではないかと思います。

堀田さんの美学は、あえて中心を定めない。しかしそうすると、拡散するばかりだから、意識的に絞り込んでいく、収斂させるのです。けれども、中心はカチッと決まらない。これは、『広場の孤独』の時は半分無意識だったのでしょうが、それをやったことによって、自分の小説の骨法をつかんだのだと思います。

そうすると、当然ながら、私小説的な一人の分かりやすい主人公を設定して書くことができなくなる。それでどうするかというと、人と社会、あるいは人と歴史という設定を用いることになる。要するに、歴史の中の人間、人間として現れた歴史という視点で、題材を選んで描く。この方向に自分の本質があるということが分かったのでしょう。

自伝的小説『若き日の詩人たちの肖像』の題名は、ジェイムズ・ジョイスの代表作、『若い芸術家の肖像』からとられたものですが、それをちょっと変えて、「詩人たち」という複数形にしてある。これは自分たち、慶應仏文グループと、それから「荒地」グループ、この二つは、本来、接点はないはずです。「荒地」グループは、どちらかというと商業学校卒業者です。大学に進学した人もいましたが、多くは下町の商家の息子たちです。田村隆一さんや、鮎川《あゆかわ》信夫さんなどの「荒地」グループと、詩の同人誌ということで、慶應仏文グループが接点を持つことになった。そこで大いに影響し合うことになる。

核を一つだけつくって中心を求めるのではなく、核をいくつかに分散し、そしてなおかつ収斂していく手法がここでも使われています。この方法が、自分の小説としては一番いいのではないか、ということが分かってきたのだと思います。

比較することで自分が分かり、他者が分かる

なぜそういうふうに分かったかというと、これはやはり仏文を出たということが結構大きい。というのは、家族人類学的に言うと、日本は、直系家族の典型的な国なんです。直系家族というのは、親子孫三代が同じ屋根の下に住む。父の権威は強く、兄弟は長男が優遇されて家を継ぐ。このタイプです。権威的な縦型家族です。それに対して、フランスの家族は平等主義的な核家族で、子は結婚するとすぐに親と別居する。兄弟は、財産相続の面では平等。親子軸と兄弟軸を二つの軸にすると、日本とフランスはちょうど、例えば、

日本が、第一象限《しょうげん》だとすると、フランスは第三象限というふうに対極になる。要するに、似たところは一つもない。だから、逆に日本の社会で非常に疎外感、直系家族的な社会に反発を持っている人間は、フランスに憧れて、仏文科を選ぶケースが非常によくある。僕も仏文ですけれども、まさにその通りでした。

実際にフランスに行ってみると、日本とのあまりの違いに反発することもありますが、その一方で素晴らしいところもたくさんあります。自分と全く違うものを学ぶということは、比較が可能になるということです。自分の国しか知らないと比較が難しい。例えば、北朝鮮です。今、我々が外側から見て、「民衆はさぞや不幸だろうな」などと思いますが、結構幸せかもしれない。一つしか知らない人間は、かなり幸せなはずです。自分と他を比較するようになると、人間は不幸になります。

しかし、さらに比較を進めることによって、逆に、自分とは何かが分かってくる。あるいは、自分たちと比較することによって、他者が分かってくる。だから、フランス文学やヨーロッパ文学を学ぶのは、他者を体験することでもあります。

堀田さんが小説を書き始めた頃は、自分が仏文卒ということをあまり意識していなかったと思います。ところが、『若き日の詩人たちの肖像』を書いたことによって、あらためて、なぜ自分はフランス文学をあの時期に選んだのかということを考えたのでしょう。そして、もう一回、フランス的なもの、あるいはヨーロッパ的なものを見据えてみようと思って、海外に長期滞在したのではないかと思います。

評伝文学の傑作『ゴヤ』

堀田さんは戦争とか内乱とかそういうアクチュアルな主題に一貫して関わってきました。これは僕の想像ですが、海外に自由に渡航できるようになった時、最初にスペインに行ったのは、スペイン市民戦争、スペイン内乱を書こうとしたのではないかと思います。アクチュアルな主題というのは、彼の一つのオブセッションだったから。

ところが、そのためにスペインで暮らしてみると、今までとはまた違ったことが分かってきたのだろうと思います。それは何かというと、風土の持つ重要さです。その土地に根差した風俗習慣があり、その風土から演繹《えんえき》されてくる、農業や漁業、さまざまな産業、さらにそこから生まれてくる家族、そして家族の延長としての社会です。スペインというのはある種、ヨーロッパにおける、「文明の果て」みたいなところです。独裁的なフランコ政権下のスペインで、その風土の過酷さを目の当たりにしたのでしょう。そしてスペイン内乱という血で血を洗う戦いを招き寄せたのは、そもそも何だったのかと思いを馳《は》せていくうちに、スペインの画家ゴヤに至ったのだと思います。

『ゴヤ』の初めのほうに、ゴヤの生家を訪ねて強烈な印象を受ける場面があります。

　サラゴーサから石だらけの野を越え、また灰色の、石灰質の丘を越えてこの画家の生れの村へ近づいて行くとき、この画家に強い関心をもった人ほど、なにかしら憂鬱な、しかも胸をしめつけられるような、暗い、ある意味ではまことに嫌な、来なければよかったというに近い感情に襲われるようである。（『ゴヤI』集英社文庫、七九頁）

　一九六〇年代のはじめの頃に、最初にこの村を訪れたときは、この村は全体にまったくの廃屋ばかりかと思われたものであった。スペインの、比較的に豊かな町や村で見掛ける、家の外壁に様々な草花の鉢をかけるといった様子を見ることもなく、人っ子一人いはしなくて、どの家も、また狭い通りの石畳もしんとしずまりかえっていたものであった。
ゴヤの生家自体も、まったくの廃屋であった。窓にはガラスもはまっていなくて、骸骨の目のように暗い、空虚な内部を外からのぞかせていたものであった。背の低い、ずんぐりとした二階屋である。

（前掲書、八〇、八一頁）

産業もほとんどなく、これが人間の住まいかと思うようなところでゴヤは生まれた。それが絵筆一つで、宮廷画家にまで上り詰めていく。
『ゴヤ』は、堀田さんの最高傑作だと思います。なぜかというと、王様や独裁者を主人公にすれば、視点が非常に限られてしまう。上から下を見ると社会の底辺はかすんでしまいます。社会の上層の人の視点で社会全体を描けるかといったら、そうではない。しかし、名もなき市民を主人公にしても、今度は逆の意味で視界が非常に限られてしまう。前述したような「人と社会」「人と歴史」という視点で描こうとするには、どちらも駄目なんです。そういう時に、ゴヤを見つけて、堀田さんは、「これだ！」と思ったのでしょう。

ゴヤは、一八世紀末のスペイン社会において、これより下はないという最下層の出身です。それが宮廷画家にまでなって王侯と接する。こういう人間はなかなかいない。こういう下層の人間が成り上がって遍歴する物語を"bildungsroman"（ビルドゥングスロマン）といいますが、ゴヤの生涯には"bildungsroman"的な面白さがあり、一方で"picaresque"（ピカレスク）的な面白さがある。

ゴヤという人物の一生をたどっていけば、上から下まで全部描けると思ったのではないでしょうか。徹底的にその人物の真実を描く。こういうのをフランス語で"tel quel"（テルケル）といいます。「あるがまま」という意味です。すべての虚飾をはぎ取ってあるがまま、"tel quel"に描く。ゴヤの視線のすごさに惚《ほ》れ込んだのでしょう。このゴヤの目を通して描けば、スペインの風土と社会が描ける。さらに、スペインを描けば、ここはヨーロッパにおける最も極端な世界ですから、ヨーロッパも描けると考えたのでしょう。まずゴヤを選んだということが大勝利でした。

技法の確立

堀田さんは、この『ゴヤ』で自分の思い描いていた技法を確立したと思います。「中心なき収斂」という彼ならではの手法が、この小説とも歴史書ともつかない、評伝ともつかないようなジャンルにおいて、非常にうまく回転し始めました。

例えば、評伝作家だったら、ゴヤという人はどういう人間だったかを一言で表したくなるでしょう。読むほうもゴヤがどういう人間だったか一言で言ってほしい。けれども、堀田さんの『ゴヤ』は、一言で分かるということはあり得ない。複雑で、よく分からない人物です。貴族には平気でおべっかを使い、逆に身内には、非常にエゴイスティックな振舞いをする。にもかかわらず、王侯を描いた絵画を見ると、これほど苛酷な肖像はないというような絵を描いている。

フィクションを描いていると、自分では中心なき収斂のつもりでも、分かりやすく描いてしまうということもあるでしょう。けれども、実在の人物を描くことによって、この「分からなさ」が持つ、魅力というか不思議さを描き出すことこそが、本当の作家なんだという境地に至ったのではないか。

想像力の限りを働かせる

堀田さんは文献には徹底的に当たる人だから、ゴヤについてもいろいろな伝記を読んでいる。そうすると、伝記Aと伝記Bで、それぞれ違う面を見せている。それが非常に面白い。そういう人間だからこそ描きたいということになったのだと思います。

堀田さんはスペインで徹底的に取材されましたが、原稿は日本で書いた。なぜ現地のスペインで書かないで日本で書いたかと言えば、やはり物書きというのは、対象を直《じか》に見ながら書くことはできないのです。調べたことを頭の中にいったん収めておいて、想像力をもって、組み立てていかないとできない。

資料はたくさん使っているだろうし、写真もいっぱい撮ってきたでしょう。けれども、いざ彼のゴヤ像を描こうとする時には、日本に戻って、徹底して想像力を働かせる。これは小説家特有の一つの特権です。これが彼の最終的な、晩年に至って見出した方法論だと思います。

堀田さんの『ゴヤ』以降、堀田さん以上のゴヤ論が出ないのは、堀田さんがゴヤを「発見」したからでしょう。ゴヤの評伝もあるし、美術評論もありますが、堀田さんは、総合的にゴヤを描き出した。それを超えるものがない。堀田さんほどゴヤに惚れ込んだ人はいなかったのではないか。その惚れ込み方の強さが、この作品の魅力の一つです。

モンテーニュ

堀田さんは、『ゴヤ』で方法論を見出して非常にうまくいったので、この方法論で若い時から読んでいたモンテーニュに取り掛かります。

モンテーニュを描いた『ミシェル 城館の人』は彼の最大の作品でしょう。モンテーニュの時代は、宗教戦争という内乱の時代です。僕も宗教戦争の時代を舞台にした『王妃マルゴ』（アレクサンドル・デュマ、文藝春秋）という小説を訳したので、いろいろ調べましたが、すごく分かりにくい時代です。なぜ分かりにくいかというと、例えば、プロテスタントとカトリックを単純に分ける。ところがカトリックの中にもいろんな党派があって、プロテスタントにも同じように党派があって、それが王侯貴族のさまざまな党派と結びついて合従連衡《がっしょうれんこう》して、非常に複雑なんです。

加えて、モンテーニュという人が非常に複雑な人だということもあります。モンテーニュの代表作は『エセー』ですが、この『エセー』は読んでいくと、モンテーニュがどういう人なのか分からなくなってくる。例えば、この人はカトリックなのか、そうでないのか、またはプロテスタントなのか、無神論者なのか、何だかよく分からない。そういう書き方をしているわけです。

『エセー』には「われ何をか知る」という有名な格言が掲げられています。自分が何かを断定しそうになると、その断定にもう一人の自分がストップをかけて、その断定をやめさせて、別の考え方を持ってくる。これはある意味、フランス的な、弁証法的な書き方とは言えるのですが、普通の弁証法なら、Aという意見があり、Bという意見があったら、両者を総合させる形で、AでもなくBでもない、Cという答えもあり得るんだよという形で議論を進めていく。これが普通の弁証法です。

ところが、モンテーニュを読んでいると、AでもなくBでもなく、Cというものを暗示してはいるけれども、かといってCという形で、アウフヘーベンするようなすっきりとした形には持っていかない。一体どれだと言いたいんだと、悩ましくなってくるんですね。しかし、その悩ましい思考の流れ、それ自体が『エセー』の魅力を形づくっている。だから、『エセー』は、すっきり系が好きな人には駄目なんです（笑）。

堀田さんは、これまでの作品と同様、あらゆる可能性を列挙した上で、収斂はするけれども中心は求めない。つまり、一元的解決は求めていない。

例えば、ファシズムか共産主義か、どちらかを選ぶという究極の選択を突き付けられた時に、自分はこちらを選ぶと、立場をはっきりさせてしまうことの危険性。それによって日本は結局、敗戦まで至ったわけです。

あらゆる可能性を考えつつ、さらにそこから、限りなく比較検討をしていくことが、本当の意味で考えるということなのではないかと思います。

モンテーニュは、よく懐疑論者だと言われますが、モンテーニュの懐疑は、デカルトのような発見するための懐疑ではない。考えるために永遠に懐疑を続けていくのです。このモンテーニュの魅力に堀田さんは我が身を重ねたのだと思います。

堀田さんは分かりやすい時代というのはかえって危険だと考えていた。分かりにくい

「非決定」あるいは「未決定」こそが、人間の叡智だと言いたかったのでしょう。その点では、このモンテーニュを選んだというのは、まさにどんぴしゃり。こういう人間もいなければいけない。ゴヤに次ぐ選択の勝利です。

成り上がりの一族

モンテーニュが裁判官の仕事をしていたと言うと、何か嫌々役人をやっていて、その合間に随筆を書いていたのだろう、役人生活は大変だったのだろうなんて思われやすいですが、堀田さんは、そうではなくて、モンテーニュは役人としての仕事を自分の経験にフィードバックしているのではないかと指摘しています。

　彼にとって法官生活は、あまり楽しいものでも退屈なものでもなかったであろうけれども、人間とその社会の観察に関しては、他に掛け替えのない経験であった。

　聖職者は、悪行を行った者どもの懺悔《ざんげ》を聴取することによって、人間とその社会を認識し、裁判官は訊問と証拠の立証過程を通じて、人間観察を深めて行くべき職掌なのであった。

（『ミシェル　城館の人』第一部、集英社文庫、二三一頁）

モンテーニュが裁判官だった背景には、この時代のフランス独特の売官制がありました。つまり、官職をお金で買うわけです。

新興のブルジョアが、直接間接に貴族の所領を買い取って、次第に、貴族の身分に成り上って行くということは、この当時として珍しいことではなかった。

（前掲書、一一一頁）

更にもう一つ、貴族の階段を踏み上って行くための道があった。それは司法職を手に入れることであった。司法職は、領地と同様に買い入れてもよく、世襲によってもよかった。

（前掲書、一五頁）

売官制によってモンテーニュ家は、商人から貴族に成り上がっていった。こういうのを法服貴族といいます。売官制で買える主な官職は、裁判官など司法関係の役職だったからです。裁判官の官職を、商人がお金を出して買うことによって貴族になるというフランス独特の身分上昇です。こういう人たちが大体、フランスのその後のモラリストの系譜を作り上げるわけです。パスカルの家も売官制によって、法服貴族の一員になりました。

最近の研究では、売官制がイギリスとフランスとの違いを生んだのではないかということを言う人がいます。イギリスにはこの売官制度はなかった。ブルジョアはブルジョアのままだった。だから、ブルジョアと王権が激しく対立して、名誉革命というブルジョア的な革命が達成された。

それに対して、フランスはブルジョアが王権と対立しないで、官職を買って法服貴族になって向こう側の階層に行ってしまった。だから、本来、貴族と対決すべきブルジョアが、なかなか現れてこなかった。しかし、その後フランス革命が起こったのは、その官職がソールドアウト状態になって、食いっぱぐれたブルジョア子弟が現れたからだと。こういう考え方は結構、説得力があります。

モンテーニュは、まさにその官職の売買によって成り上がっていくという身です。小説では、モンテーニュの曾祖父の代から描かれています。

しかし、ともあれ、ミシェルの父方の祖先は、葡萄酒で著名なメドック地方からボルドオへ出て来て、まずメドック産の葡萄酒を扱い、ついで鮭その他の塩魚を他の地方へ売り捌き、トゥルーズを中心として生産される大青《パステル》の染料などにも手をのばしていた。（中略）

もう一つ事のついでに言っておけば、塩魚屋というものは、都市の住民にとってその魚臭のために、相当に迷惑千万な商売だったようである。エラスムスはその『対話集』で、魚屋に対して「塩魚屋よ、阿呆の臭《くさ》太郎」と呼びかけさせている。

（前掲書、一〇、一一頁）

この成り上がりの一族を描くことによって、フランス社会の成り立ちも分かる。だから、モンテーニュを描くことが社会を描くことになり、社会を描くことがモンテーニュの人となりを描くことになるわけです。

堀田さんが念願としていた、人と社会、人と歴史というものが、非常に幸福な結合を遂げています。

潔癖主義の危険性

それから、堀田さんが『ミシェル　城館の人』で描いたモンテーニュのもう一つの側面は、潔癖主義的ではないということです。モンテーニュは、色事にも寛大で、『エセー』の中でいろいろ自白をしています。そういう面も全部肯定しないと人間というものは理解できない。

ミシェルの女出入り、恋愛三昧が、かかるトータルな人間認識を形成してくれていたとしたら、われわれはお相手の御婦人方に感謝をこそしなければならないであろう。

（前掲書、四二二頁）

ミシェルは結婚早々の妻の不貞によって、女を憎み嫌ったかといえば、そういうことはなかった。かえって女性を人間の諸条件のなかに、いわば対等に引き入れることによって、この事態に堪えたと言えるであろう。

（前掲書、第二部、四八頁）

人間をピュリスムでもって、潔癖主義的な形で追い詰めていくことの危険性というものがある。モンテーニュと同時代のジャン・カルヴァンを描くことで、その潔癖主義に日本的なファシズムとの類似性を認めているのでしょう。禁欲という形で追い詰めていくと、自分で勝手に禁欲するならいいけれども、最終的には自分が禁欲できるということを盾にして、人にも禁欲を強いていくことになる。こうして共産主義ともファシズムともよく似た、人工抑圧社会が出来上がってしまう。

カルヴァンみたいな超禁欲人間がいるとすると、そういう人たちを偉いと言う人たちが必ず周りにいる。そうすると、禁欲的な規範に合わない人間を切り捨てていく。ところが、誰もが同じ禁欲的な規範に従って生きることは無理なので、そのひずみが、ゆがんだ形で現れてくる。

これは別に、モンテーニュの時代に限ったことではなく、現在のイスラム原理主義などにも当てはまります。キリスト教とイスラム教は違いますが、結局は似たようなことになる。

これまでのファシズム批判は、自分は反ファシズムの側に立って、相手を一方的にやっつけるというものでしたが、ファシズムの原理は、人を引き付ける、ある種の禁欲主義の魅力があるのです。同じように共産主義にも禁欲の魅力がある。若い人は特にそういうのに惹かれる。堀田さん自身も共産主義のかなり近くまでいったこともあるし、そういうのに惹かれた面もあったかもしれない。同時に、危険性も非常によく分かっている。それと似た状況は、戦後の日本で何度も出てきました。それは別に、時代を問わず、過去にもあったものです。堀田さんが『海鳴りの底から』で描いた島原の一揆《いっき》のように、禁欲を一つの核に据えた原理主義的な宗教運動があった。それを英雄的に描くということではなくて、全体として描くとなるとどうなるかというのが堀田さんの大きな課題だったと思います。

普遍性を持つということ

たいていの宗教は地域宗教から出発しています。地域的な、かなり土俗的な宗教から出発するけれども、その宗教が大きくなってくると、途中からある種の普遍宗教に変わらざるを得なくなる。キリスト教がその典型です。

もともとキリスト教は、エルサレムのユダヤ人コミュニティの閉鎖的で小さな地域宗教でした。それが、ギリシャ人の社会に広がりローマに行く。ローマからさらにヨーロッパ各地にどんどん広がっていく。そうすると、さまざまな人たちをその宗教に取り込まなければいけない。それまではユダヤ人コミュニティの小さな地域宗教だったものが、普遍宗教に変わらざるを得ない。「カトリック」とはそもそも「普遍的」という意味の言葉です。

普遍宗教に変わらざるを得ないということは、民族とか肌の色とか、言語とか、そういうものに関係なく、普遍的な価値観を持つということです。そうなると、さまざまな人間を一元的にまとめる必要が出てくる。そのためには、ある種の禁欲というものを核に据えないと、たくさんの人を惹きつけることはできない。これは共産主義もファシズムも全部同じです。普遍性を持つには、禁欲性への歩み寄りをしていかないと駄目なんです。

しかし、そうなってくると、普遍的な物差しに合わせて、その物差しに合わない人は切り捨てていいんだということになってきます。だから、普遍性を持つことが逆に党派性を呼び込んでしまう。普遍主義的党派性とでも言ったらいいかもしれない。普遍主義的党派性とは形容矛盾のようですが、これは地域的な党派性とはまた違うものです。

例えば、地域政党なり地域主義は、それは確かに排他的ではあるけれども、普遍的な排他性を持たない。つまり人間と人間でないものとを線引きして、同じ人間なのにこの人たちは人間ではないとするようなことはあまりしないものです。よそ者は排除するけれども、よそで生きる分にはかまわない。その党派性は村や地域あるいは国の枠を超えない。

ところが、これが普遍的なものになると、非常に危険です。堀田さんは戦前のファシズム、それから戦後の左翼運動に関わっていくうちに、その危険性に気づいたのだと思います。

何から読むか

初めて堀田作品を手にする人にお勧めするのは、『若き日の詩人たちの肖像』です。これは若い人が非常に自己投入しやすい作品です。詩人になるには若くなくてはならない。逆に、若い時はみんな詩人になれるのです。

それはなぜかというと、言葉とはすべて他人の言葉です。自分で発明した言葉は存在しない。若い人はそれが不愉快なんです。自分が何か言おうとしても、言葉というのはすべて自分の言葉ではない。それでも言葉で表さなければいけないから詩人になる。

詩人というのは言葉の意味を脱臼させて、自分だけが理解できる言葉をつくり出す。若い時期に自我が発達してきて、社会と、具体的には家族と直接対決するようになった時に、若い人は全員詩人になるのです。でもその時期を通り越すと、言葉が他人の言葉だということが不愉快だ、という感覚がなくなってしまう。言葉が道具であることを受け入れることができる。

そうすると、その道具を使って何をつくり出すかということになります。そこで、ある人は小説や戯曲に向かい、ある人は論文や批評に取り組むようになる。『若き日の詩人たちの肖像』は、小説の道を選んだ堀田さんが、自分や同世代の友人たちの詩人時代、青春時代を描いた素晴らしい作品だと思います。

第四章

堀田善衛のスペイン時代

大髙保二郎

1973年、スペイン・マドリードのアルバ公爵邸の白衣の「アルバ公爵夫人像」の前で。3年間の交渉を経てやっと邸内に招じられた。撮影／廣瀬義男

大髙保二郎（おおたか・やすじろう）

美術史学者。早稲田大学名誉教授。一九四五年香川県生まれ。早稲田大学大学院博士課程満期退学。専門はスペイン美術史。跡見学園女子大学、上智大学、早稲田大学文学学術院の各教授を歴任。多くの美術書の執筆や翻訳、美術全集、展覧会の監修を行う。その功績から、スペイン語圏の文学や歴史研究者に贈られる会田由賞を二〇一一年に受賞。主な著書に『ベラスケス　宮廷のなかの革命者』（岩波新書）、共編訳に『ゴヤの手紙―画家の告白とドラマ』（岩波書店）、責任編集に『ＡＲＴ　ＧＡＬＬＥＲＹ テーマで見る世界の名画２　肖像画　姿とこころ』（集英社）などがある。

アウラを帯びた作家

堀田善衞先生と初めてお会いしたのは、一九七三年の九月上旬でした。当時、堀田先生は、のちに全四巻の大長編評伝となる『ゴヤ』を「朝日ジャーナル」誌に連載するために準備中で、その取材と資料収集を兼ねてマドリードにいらっしゃいました。「朝日ジャーナル」の堀田番の記者、矢野純一さんも同行されていました。

私はちょうど一九七三年から七六年まで、ベラスケスを本格的に研究するためにマドリード大学に留学することになっていまして、その時はスペインに到着して間もない時期でした。その私を堀田先生に紹介してくださったのは、私の恩師で、日本におけるスペイン美術研究のパイオニアとされる神吉《かんき》敬三先生（故人。当時、上智大学外国語学部教授）です。幸いにも、神吉先生は、サバティカルの研究休暇を利用してマドリードに滞在中でした。神吉先生は、堀田先生の『ゴヤ』連載に当たって、その内容の事実関係のチェックを依頼されていたのです。

学生時代の我々にとって、堀田先生といえば、進歩的な知識人の代表的存在です。それ

は一九六〇年代後半、学生運動が華やかだった頃、「リベラル」という言葉が本当に生きていた時代でしたね。当然、先生が『インドで考えたこと』、あるいは『キューバ紀行』などを通して、国際的な平和運動にも深く関与されていることを知っていましたから、雲の上の方のように感じていたのですが、実際にお会いしてみると、私のような若輩者にも大変気さくにお話しくださいました。

　いつもサングラスをおかけになり、スラリとした長身で、とてもダンディな方でした。何よりも理知的で、穏やかで、包容力というか、人間的なスケールの大きさが自然に伝わってきました。当時、堀田先生は五五歳。作家として円熟期に入られた頃ではなかったかと思います。三〇歳そこそこの私には、学生時代から憧れの存在であり、まぶしいばかりで、まさしくアウラを感じました。

マドリード駐在の「ゴヤ係」

最初にお会いしてから数ヵ月間は、マドリードを拠点として一緒に車で各地を旅行し、たびたび夕食もご一緒させて頂きました。

その後もマドリード駐在の「ゴヤ係」みたいな形で、資料収集や調査にも同行しました。一番の印象的な記憶は、「スペインの大貴族でアルバ女公爵という女性のお墓がどこにあるのか探してくれや」と依頼されたことの顚末《てんまつ》でした。アルバ女公爵とは、ゴヤ最大のパトロンの一人で、先生の『ゴヤ』の中では「アルバ公爵夫人」として登場します。公爵と結婚して得た爵位ではなく、この女性自身がアルバ公爵家の相続者だったので、今では「女公爵」と呼んでいます。そのお墓探しは全く手掛かりがなくて、大変でした。

古い文献でその在《あ》り処《か》をようやく見出しました。堀田先生に、アルバ女公爵のお墓は、公爵家歴代の先祖を祀《まつ》る教会ではなくて、首都マドリードの市民墓地に埋葬された事実をお伝えすると、とても興味深く、感慨深そうでした。大貴族の亡骸《なきがら》が市民とともに眠る、それはいかにも堀田先生好みのネタになるような題材であったのだろうと想像しています。

見なくても分かる

その当時は、敷居が高いことで知られたアルバ公爵邸に数年かけての交渉でようやく入れてもらうことができ、公爵家の豪華な絵画コレクションを一緒に見せて頂いたこともありました。王宮のすぐそばの、リリア宮という名前の宮殿ですが、マドリードの街中にありながらも、壮大な庭園付きの邸館でした。

ゴヤゆかりの土地をいろいろとご一緒させて頂きましたが、堀田先生の取材の方法で印象に残っているのは、取材ノートをかなり丁寧に取られていたことです。その場でメモやスケッチを取られるのではなく、脳裏にしっかりと刻んでおいて、現場を離れた後で書いておられました。夜になって、「あそこのあれはこうだった」「あの時の絵はこうだった」などと、時にはワインを片手に取材ノートを書かれていたことが印象に残っています。

しかし、不思議なのは、時々、「俺は見なくても分かる」と、車の中から出てこられないことがありました。例えば教会に行って、その中にあるゴヤの絵を見る時に、堀田先生は、「俺はここでたばこでも吸っているよ」とおっしゃって、我々だけがその絵を見に行くということもありました。すでにイメージとして出来上がっているものについては、自らの目で確認しなくても分かるということだったのでしょう。

帰国された後、いよいよ「朝日ジャーナル」で連載が始まりました。四年に及んだでしょうか、相当長い期間の連載でした。私は一九七六年の夏までマドリードにおりましたので、その後もいろいろとやりとりさせて頂きました。

「砂に埋もれる犬」

晩年のゴヤの別荘で、「黒い絵」と呼ばれる作品群がその家の壁に描かれたキンタ・デル・ソルド（通称「聾者《ろうしゃ》の家」）を探すお手伝いもしました。実際には、二〇世紀の初めに壊されて現存はしていなかったのですが……。

ゴヤはマドリード市とその郊外とを区切るマンサナーレス河の向う岸に、約九万五〇〇〇平方メートルの「家付の畑地」を買い入れた。（中略）
この場所は、「（マドリード市の）セゴビア橋を渡り切ったところ、市からアルコルコンへ行く道と聖イシードロ礼拝堂へ行く道の間に位置している」。（中略）
そこに一七九五年に王室付軍事補佐官の某氏が建てさせた別荘があった。

（『ゴヤⅣ』集英社文庫、二六一、二六二頁）

このように文中にも登場していますが、これが、ゴヤが晩年を、言わば自己幽閉でも企てるかのようにして過ごした通称「聾者の家」です。

ゴヤは、そのほとんどを、新しく得た別荘の主要な二間——階下の食堂と二階の応接間——の壁面を、全部で一五枚、——まことに驚くべし、合計で三三平方メートル以上——、独創ということばを持ち出すことがいささかならず気がとがめるほどの、独創的かつ創造的な作品で塗りつぶしたのであった。

（前掲書、三三四頁）

この「独創的かつ創造的な作品」が「黒い絵」と呼ばれる一連の作品群です。堀田先生は、「黒い絵」の中では、「犬」という絵に、とりわけ思い入れが強かったようです。

フランシスコ・デ・ゴヤ「犬」(1821〜1822年)
油彩、カンヴァス

犬は、首をあげてわれわれには見えぬ何物かを凝視している。手前の砂の斜面がもし流沙であるとしたら、この犬は、いくらもがいても、いや、もがけばもがくほど、いくばくもなくして埋め込まれてしまうであろう。

犬の表情は、これはやはり恐怖に近いほどの注視、注目である。

何を注視、注目しているか。

それは、飼犬の臨終に立ち会ったことのある人ならば知っているであろう。

死に瀕した犬は、自分の肉体にいま何が起っているのであるか、また如何なる事態が自分を迎えに来ているのであるか、と、それまでは飼主に絶対に見せたことのない表情をもつものであった。

（前掲書、四一二頁）


この一枚の前に立つとき、やはり私も生あるものの、生命そのもののいとおしさをしみじみと悟らされる。

（前掲書、四一四頁）

と書かれています。この絵に、自由や平和を希求し、苦悩してもがく人間の姿を見ていたのではないでしょうか。この犬は、ゴヤであり、堀田先生ご自身ではなかったかと思います。

長すぎたズボン

堀田先生の奥様、れい夫人に初めてお会いしたのは、一九七四年だったと記憶しています。ちょうど私の留学が二年目に入って、妻と二歳の長男もマドリードに来ることになりました。その時、スペイン広場で先生とご一緒に夫人もお見えになりました。れい夫人は私や妻だけでなく、長男に対しても、とても優しく接してくださいました。

私が二度目のサバティカルで、八三年から八四年にスペインに行った時には、すでに堀田ご夫妻はバルセロナの高台に居を構えられていました。それは、最初にお会いしてから、ちょうど一〇年後のことでした。その間も、逗子の高台にある堀田邸に二、三度お招き頂いたことを記憶しています。

バルセロナに行ったのは、後輩で友人の中世美術研究者、安發《あわ》和彰さんと一緒に、車でマドリードからピレネー山脈沿いに中世のロマネスク美術を調査するためでした。その終点であるバルセロナにようやく到着、ポンコツ車をホテルの前に置いてチェックインしていたその一瞬、車上荒らしに遭ってしまいました。もちろん車に鍵は掛けていたのですが、チェックインのわずか十数分間に窓ガラスを破られ、我々のスーツケースが全部持っていかれたのです。各地で蒐集《しゅうしゅう》した資料はもとより着替えもその中でしたから、着る物もなくなった。困り果てて堀田先生のところにお電話すると、「じゃあ、あなたたちすぐにいらっしゃい」と、れい夫人独特のぐさりと響く声が返ってきました。早速お宅に伺いますと、夫人が、二人分のジャケットやズボン、セーターなど、たくさん用意してくださっていました。銀座のテーラーで作っている、いかにも堀田先生らしい、ダンディな、おしゃれなものでした。

それを頂いてとても助かったのですが、しかし、いざズボンをはいてみると長くて合わないのです。堀田先生と私の背丈はそんなに変わらないと思っていたのですが、どうも足の長さが違うようでした（笑）。裾を折り返して、その後も大切に使わせて頂きました。

はっきりものを言うミューズ

バルセロナ時代も、何度か夕食をごちそうになりましたが、れい夫人は、いつも才気煥《さいきかん》発《ぱつ》。時代や社会、人間について、ご自身のお考えをいろいろとお話になられていました。堀田先生のほうはどちらかというと聞き役で、いつもコニャックか何かをお飲みになり、たばこをくゆらせながら聞いているふうでした。私から見ると、れい夫人の言葉からは随分刺激を受けているような感じでした。

私は、画家のサルバドール・ダリに会ったことがあるのですが、ダリの奥さんのガラは、ダリのミューズと一般には言われています。しかし私が見る限り、ガラはダリのペット的な存在という印象を抱かせました。ところが、れい夫人は、あの世代の方には珍しいくらい自分の意見をしっかりとお持ちで、歯に衣着せぬと言いますか、ご自身の考えをはっきりおっしゃる女性でした。ガラとは全く違う意味で、詩人に霊感を授けるミューズのような存在であったと今にして思います。それと同時に、作家を守るマネージャー、防波堤の役割を引き受けられていたようにも見えました。

『定家明月記私抄』

バルセロナでは、『定家明月記私抄』をお書きになっていました。堀田先生は、いつも午前九時か一〇時ぐらいから二～三時間、午後は三時間くらいという感じで執筆されるとお聞きしました。書斎を見せて頂くと、『定家明月記私抄』のためのいろいろな資料類が机の上に積まれていました。堀田先生は、藤原定家について書きながら、戦時中であったご自身の学生時代のことや、スペインの市民戦争のことなどをお考えになりながら執筆されていたと思います。

藤原定家の日記『明月記』はとても難しい本であるらしく、専門の国文学者でも解釈に苦労しているそうです。美術史、ゴヤもそうですが、国文学の場合も、専門家にも分からないところは当然あるでしょう。堀田先生が、「この一句はどういう意味を持っているのか」と、知りたいと思っても、どこにも書かれていないということが起きる。逆に言えば、そこにこそ堀田先生がお仕事をされる意義があった。国文学者とは違った視点で定家の『明月記』を蘇《よみがえ》らせていく作業は、堀田先生ならではの偉業だと思います。

面白くなければ意味がない

堀田先生から、「たとえ論文であっても、面白くなければ誰も読まないし、意味がないよ」と言われたことがあります。

私のような美術史の研究者に対しては厳しい言葉ですが、堀田先生から何度か諭されて、それ以来、「面白い」とは何だろうかと、自らに問い続けながら、私なりに模索して今日に至っています。

例えば歴史を扱う時に、残された、限られた文字資料だけに頼っていたのでは味気ない、全く人間性のないものに終わってしまいます。そこに想像力を働かせたり、あるいは、今、我々にとって何が問題であるのかを考えたりしながら、論文なり文章を書かないと意味がないということなのだろうかと……。

堀田先生にとりましても、小説が面白くないと誰も読んでくれないわけですから、書き出しの部分や話の組み立てに起伏をつけたり、ドラマを創ったりと、徹底的に、工夫を凝らされたことと拝察しています。ですから、堀田先生のお書きになったものは、今読んでも面白いのです。

私の専門の美術史もそうですが、一次資料というものは本当にほんの一握りしか残っていません。書かれたことよりも書かれなかったことのほうが膨大です。その場合に、書かれなかったことをどう扱うかは、我々自身に委ねられている重要な部分であって、そこをどう処理するかで、面白い、面白くないというのが出来《しゅったい》するのではないでしょうか。

堀田先生は『ゴヤ』をお書きになるにあたり、徹底的に資料を読み込んでいます。どうしても必要な資料は、コピーして送ってくれないかと我々に依頼が来ました。史実をベースにしながらも、しかし美術史とは違うものとして、ゴヤを、そして時代を扱うところが、やはり作家なのだと思います。

我々美術史家の興味の対象は、作品であることが多いのですが、堀田先生の興味は、むしろそれを生み出す人間のほうにあり、加えて、その背景にある社会や時代に関心があるようです。

美術史家として、「ここまでは書けるけれども、それ以上は書けない」という、一種の境界線というか限界、のようなものがありますが、作家の場合はそれを飛び越えて、自分の世界として書くことができる。もちろん私が書いた『ベラスケス』も、かなりの部分は自分の世界ですが、堀田先生の『ゴヤ』はもっと壮大な時代論であり、人間論、文明批判など、いろいろなテーマが緊密に織り込まれています。

『ヴェラスケスの仕事場に私の派遣したスパイ』

堀田先生からは、「君、ベラスケスを一冊書くのであれば、こういうふうに書き始めたらいいよ」というサジェッションを頂いたことがあります。もう四〇年近く前のことです。堀田先生は、「アルカーサルという当時の王宮の中でベラスケスが鍵をじゃらじゃら鳴らしながら廊下を歩いている。そういうところから書き出すといいんじゃないか」とおっしゃられたのです。私の『ベラスケス』の冒頭はその通りに、先生の言葉が念頭にあって書き出しました。

アルカーサルと呼ばれたマドリード、スペイン・ハプスブルク家王宮一階の長廊下《ギャラリー》のような一室。カスティーリャ独特のけだるい午後、南の窓はほぼ閉ざされているが、

カーテンのすき間から幾条かの光が細長く床の上にその光線を落としている。（中略）
時は一六五六年、初夏を迎えた黄昏の頃で、そこに一瞬、立ちつくしているのは廷臣にして王室画家ディエゴ・ベラスケスである。廷臣用の黒い礼服のような衣裳に身をつつんでいる。その画家は王宮配室長の重職にあって、右の腰に大きな黒い鍵袋をぶら下げ、まさしくフランコ独裁時代のセレーノ（夜番）よろしくジャンジャラと鍵をならして廊下を歩きながら、宮殿内の各居室の扉を開閉したり、王族が行幸する際は、寝所を整備したりと日夜忙殺されていた。

（大高保二郎『ベラスケス』岩波新書、「はじめに」）

また、ベラスケスについて堀田先生は、『美しきもの見し人は』の中で、ベラスケスの有名な作品「ラス・メニーナス」（宮廷女官像＝侍女たち）のことを『ヴェラスケスの仕事場に私の派遣したスパイ』というタイトルでお書きになっています。堀田先生の独特の、想像的というか、非常にイマジネーティブな見方で、「ラス・メニーナス」を解き明かされている。

「ラス・メニーナス」の画面の一番奥に、うっかりすると見落としてしまうような人物が描き込まれています。堀田先生はその人物に着目して、これを「ヴェラスケスの仕事場に私の派遣したスパイ」だと想像するのです。

だから私は、いつもこの絵の前に立つごとに、この彼は、私がこのエスコリアル宮での、ヴェラスケスの仕事場に派遣した密偵である、と考えることにしている。

私がヴェラスケスの仕事場に派遣したスパイ!

この考えほどに私を愉しませる、仕合せなスパイを私は考えることが出来ない。

（『堀田善衞全集10』筑摩書房、七一頁）

『ゴヤ』の場合もそうですが、堀田先生ならではの、意外な推理と豊かな想像力を駆使してストーリーをつくっていく。そういう形で「ラス・メニーナス」論を書いていらっしゃいました。

ディエゴ・ベラスケス「フェリペ４世の家族」、愛称「ラス・メニーナス」（1656年）油彩、カンヴァス

『戦争の惨禍』との出会い

堀田先生がゴヤに興味を持たれたのは、まだ戦時中であった学生時代のことでした。「ゴヤと私」という文章で、ゴヤの『戦争の惨禍』という版画集に出会った時のことをお書きになっています。

筆者は、戦時中の学生時代に、一冊の、ニューヨークで刊行されたゴヤの"Disasters of War"つまりは『戦争の惨禍』と題された版画集をもっていた。その版画集を戦時中につくづくと、繰り返し筆者は眺めたものであった。その版画集は、ナポレオンのフランス軍がスペインへ侵入して行って、スペインの人民ゲリーリア（ゲリラ）の抵抗に遭い、散々な目に遭わされ、かつフランス軍もまたスペイン・ゲリラによって惨殺される様子を、ゲリラ側にもフランス軍の側にも、そのどちらにも身を傾けることなく、双方にとっての『戦争の惨禍』を、つまりは人間にとっての戦争の惨禍をあますところなく、十全に描き切ったものであった。

フランシスコ・デ・ゴヤ「戦争の惨禍」3「これもまた」（1808〜1814）エッチング、ラヴィ、ドライポイント、ビュラン、バーニッシャー、網目紙

それは、戦時中の若者にとっては、一つの啓示でさえあった。「皇軍」という言葉や、「鬼畜米英」などという言い方が毎日の新聞やラジオで吶鳴るような調子で高唱されていた時に、戦争が人間にとっての惨禍であることを、これらの版画は、無言で若者に告げていたものであった。

（『堀田善衛全集11』筑摩書房、五四二、五四三頁）

堀田先生は、戦時中のあの高揚した独特の雰囲気の中で、実際に行われていることが何なのかを問い掛けようとした。混迷し、泥沼化していく状況の中で、欺瞞《ぎまん》と虚妄が錯綜する時代に、ゴヤの『戦争の惨禍』に出会った。それによる救いというか、啓示が原体験になっているのではないか。そしてそれ以来、ゴヤという画家に、徐々に惹き込まれていったのではないかと思います。

堀田先生に一貫しているのは、「乱世を生き抜く無名の人」を描くという姿勢でした。『方丈記私記』の鴨長明、『海鳴りの底から』の画家山田右衛門作《えもさく》、『路上の人』のヨナなどが思い浮かびます。権威や権力の反対側に自らを位置付けながら、庶民として、無辜《むこ》の民の一人として、常に時代と人間を見続けようとする。例えば、キリシタンの話は遠藤周作さんの『沈黙』が有名ですが、堀田先生はそれよりも前に、島原の乱を題材に『海鳴りの底から』で、時代考証も含めて書いていた。戦国時代から江戸時代への過渡期を、画家の山田右衛門作の目を通して、その人の人間的な矛盾も含めてお書きになっている。

ゴヤも例外ではありません。ゴヤは乱世を生きた画家です。一八世紀から一九世紀への変革と動乱の転換期、王侯貴族による絶対主義と封建体制の崩壊期から、動乱と戦争を経て、近代市民社会の台頭期を、身をもって、その不条理や悲惨を体験した人でした。首席宮廷画家ではあっても、一庶民としてのまなざしを生涯持ち続けた人でした。そんなゴヤに、堀田先生はご自身のオルター・エゴ（自我からの別人格、分身）を見出していたのではないでしょうか。

ライフワーク

堀田先生は、ゴヤが生きた時代のスペインやヨーロッパに、近現代社会で生じている不条理や混沌の根源を見出していました。


　私はこの版画集、『戦争の惨禍』をつくづくと打ち眺めていて、つねに一つの、言葉にはあまりしたくない想念を持ちつづけていたものであった。

　それをここにあえて言葉にしてみるとすれば、次のようなことにもなるであろうか。

（中略）

　われわれの国家単位の〝現代〟が終ることになってもらいたいものであるという、いわば現代終焉願望が、この『戦争の惨禍』をくりかえし眺めていると私は自分のなかに澎湃《ほうはい》として湧き起って来てそれを押しとどめることが出来ないのである。おそらく、この秘められたる願望が私をしてこの『ゴヤ』を書かしめている情熱の根源をなすものなのであろうと思う。

（『ゴヤⅢ』集英社文庫、三七二、三七三頁）

このあたりに堀田先生が五〇歳代の後半、なぜゴヤにここまでのめり込むほどに取り組まれるに至ったのか、それが表明されているのではないでしょうか……。

近現代という時代は、一見するといかにも合理化されているように見えますが、人間の行動は、科学技術が進歩するようには決してよい方向に向かっているとは思えない。堀田先生の目には、そうしたものの根源が、ゴヤの時代から始まったという考えがあって、あれほど長い『ゴヤ』をお書きになった。

あれはただの「ゴヤ伝」ではない。単なるゴヤの伝記なら、そんなに頁数は要らないでしょう。そこには文明論や人間論、芸術論も含めて書かれている。年齢的に言っても、堀田先生はゴヤとその時代に、ライフワークとなるような生涯、究極のテーマを見出したのでしょう。そのための準備期間は十分にあった。学生時代からずっと温めてきたライトモティーフ、それがようやく作家としての円熟期に入って、一挙に花開いていったのだと思います。

なぜスペインか

二〇世紀スペインの哲学者オルテガに、「私は、私と私の環境である」という言葉があります。スペインの場合は特に、人間の在り様に環境というものが大きく関わってくる。ゴヤの時代、スペインには熱烈なカトリック信仰があり、異端審問があり、そして裸体画を公には描けないモラルがあった。フランスやイギリスが近代化していくうねりの中で、スペイン自体は旧態依然としたまま。その中でゴヤは、保身を図って穏便に、首席宮廷画家としてうまく立ちまわって生きていけばいいものを、『裸のマハ』や『黒い絵』など、それとは逆行するような制作や、『戦争の惨禍』のような、批判とまではいかなくとも、生々しい現実の姿を活写した。これはやはり、スペインの歴史的環境がゴヤをしてそうさせたのだと思います。

題材の舞台にスペインを選んだところに、堀田先生の真骨頂がうかがえませんか。堀田先生はご存じの通り慶応義塾大学の仏文科出身ですから、海外に住むなら、フランスを選べば言葉には困りません。また、子どもの頃に宣教師とのお付き合いがあって、英語も達者でした。実際に、アジア・アフリカ作家会議では英語で議事を進行されていたわけだし、それからサルトルともフランス語でコミュニケーションができる。そういう英語・フランス語の高い能力もおありなのに、あえてなじみのない言語であるスペイン語、そしてスペインを選んだのは、おそらくゴヤが生まれた国だからということ以上に、スペインの風土や歴史に惹かれたのだと考えています。

うわべだけの美しさであるとか、あるいは優美さであるとか、そういうものをはぎ取った生の姿がスペインの風景・風土にはある。それは特に中央スペインのカスティーリャ地方の風景がそうですが、荒涼とした平原が広がっている。そういうむき出しの自然、人間で言えば、美醜に関わりなく、あるがままの、生身の人間の姿をさらしている。そこに真実を見出し、愛されていったのではないでしょうか。

スペイン語で、直訳すれば「肉と皮の人間」（El hombre de carne y hueso）という言い方があります。肉と皮だけで飾り気はない、むき出しの生身の人間という意味です。虚飾をはいだ真実そのもの、そういうスペイン人の姿、そしてその風景。やはりこれの虜《とりこ》となられたのではないでしょうか。

荒涼とした自然を前にして、堀田先生は「スペインの風景は美しい」とよく話しておられました。緑豊かな日本の風景に目がなじんだ我々には意外というか、不思議な気がしますが、飾りっ気がないスペインに、「美しい」という言葉を使われていた。堀田先生らしい独特な言い方だなと感銘を受けました。

この荒涼とした「美しい」スペインの荒れ野を、さまざまな民族が行き交って、その民族の歴史が地層のように堆積している。堀田先生は『スペイン断章』でも、「どこへ行っても、重層をなす「歴史」というものが、何の粉飾もなく、あたかも鉱脈を断層において見るように露出している」とお書きになっています。

今日はバルで乾杯しようじゃないか

一九三六年に始まったスペイン内戦後、スペインを統治していた独裁者のフランコ総統（首相）が一九七五年の一一月二〇日に亡くなりました。私には留学の最後の時期で、ちょうど堀田先生もマドリードにいらっしゃっていた。フランコが死去した数日後のことですが、お会いすると、第一声、「君、今日はバルで乾杯しようじゃないか。フランコが、独裁者がやっと亡くなったんだ」とおっしゃって、カバ（カタルーニャ産の発泡ワイン）の杯をあげました。堀田先生の人柄、生き方がよくうかがえるエピソードの一つです。

フランコは内戦以降スペインを支配した独裁者です。悪いことばかりしたわけではなく、左右に分裂したスペインを統一して、ある程度安定した経済力のある国に育てようとした功の一面もあったと思いますが、しかしその陰で数多くの人たちが自由を奪われたり、あるいは殺害されたりしました。また、そういう罪の部分を政治的に隠蔽《いんぺい》しようともした。例えば、ゲルニカの爆撃（ナチス・ドイツと手を結んだフランコが共和国側の精神的支柱であった古都ゲルニカの市街をドイツ空軍に空爆させた）も、左翼系の人たちの仕業であるというデマをスペイン中に振りまくこともしている。

しかし堀田先生が一番憤慨されていたのは、内戦が起こった時に、欧米の、いわゆる自由主義系の民主主義国家が不干渉政策で一致し、共和国政府を全く手助けしなかったことでした。一方、フランコの国民戦線のほうにはナチス・ドイツやイタリアが加担して、軍事的にも全面的な援助を行った。共和国政府は合法的な選挙で選ばれた政権だったのですが、孤立して結局、壊滅に追い込まれていく。そういうところに、堀田先生の憤りが向けられていました。

『路上の人』的なまなざし

今の若い方々は、堀田先生の小説やエッセイをあまり読んでおられないかもしれません。時代は二一世紀に入って、世の中はもう少しよくなっていくのかなと期待していたら、むしろ逆行するかのようで、不安定な、先行きが不透明な時代になりました。そういう時代において、堀田先生のお書きになったものは、教わるところがたくさんあると思います。

堀田先生は、党派や党略、イデオロギーを超越して、人間世界の平和、そして幸福と安寧はどうすれば実現可能かを考え、壮大なヴィジョンを抱かれていたと思います。その際、先生には、二つのまなざしがあったと考えています。

一つは、庶民の側、無辜の民の側から権力や社会を見つめるまなざしです。小説の主人公にこうした人々を選んでいる点でそれは一貫していますが、その言わば『路上の人』的なまなざしは、我々のまなざしでもあります。若い方々にはそういう批判精神をぜひ持って頂きたいし、学んでほしいと思います。

外から日本を見つめる

それからもう一つは、日本を外側から見つめるまなざしです。堀田先生ご自身、外国に身を置いて、日本人の姿を、冷徹に、客観的に見つめ続けてきました。日本にいるだけでは日本が見えない、外に身を置かなければ日本のことがよく見えないということです。ですから若い人たちは、ぜひ、日本の外に身を置いて、日本の姿を冷静に見てほしい。

堀田先生は、「一度距離を置いて、異邦人の目でもって、日本を見つめる。そうすると、日本で今起きていることがよく見えてくる」と、おっしゃっていました。あえて外国に身を置くことによって、常に日本のことを考えていらした。日本を題材にした小説を書いておられた。グラナダの小さな村に居を構えていても、日本の現状と行く末をいつも危惧《きぐ》されていて、エッセイなどを通して、含蓄のある表現で訴えておられました。

今の若い世代は、あまり留学をしたがらないと聞きます。しかし、やはり向こうに行かないと日本の良さ・悪さというのは分からない。若い人たちには旅行でもいいから、日本を外から見る経験をしてほしい。そうした時に、堀田善衞が遺《のこ》した小説やエッセイは、最良の手引きとなるに違いありません。

＊ゴヤ作品の題名、年代は堀田善衞『ゴヤ』に従った。

第五章

堀田作品は世界を知り抜くための羅針盤

宮崎　駿

妻・れい、長女・百合子と。「広場の孤独」「漢奸」ほかで、1951年下半期の芥川賞を受賞。一躍文壇の寵児となった。その当時、撮影されたもの。

宮崎　駿（みやざき・はやお）
アニメーション映画監督。一九四一年東京都生まれ。学習院大学卒業後、東映動画（現・東映アニメーション）入社。日本アニメーションなどを経て、スタジオジブリ設立に参加。映画作品に『風の谷のナウシカ』『天空の城ラピュタ』『となりのトトロ』『魔女の宅急便』『もののけ姫』『千と千尋の神隠し』『ハウルの動く城』『崖の上のポニョ』『風立ちぬ』など。『千と千尋の神隠し』では、ベルリン国際映画祭・金熊賞、米アカデミー賞長編アニメーション映画部門賞を受賞。現在は新作長編映画を制作中。

この文章は、県立神奈川近代文学館で開催された「堀田善衞展　スタジオジブリが描く乱世。」（二〇〇八年一〇月～一一月）のイベントとして、同年一〇月一一日に行われた宮崎駿氏の講演を採録したものです。

『広場の孤独』と『漢奸《かんかん》』から受け取ったもの

堀田さんという人は、私にとっては非常に大事な人です。ですから、今日は堀田作品と自分との関わりや、作品を通して僕がどのようなことを考えてきたかということをお話ししたいと思うのです。

堀田さんが芥川賞を受賞された『広場の孤独』という本と、『祖国喪失』という短編集の中に入っている『漢奸』を、ちょうど二〇歳過ぎぐらいの時にたまたま読んだのですが、この体験が、その後ずっと長い間、自分のつっかえ棒になってくれました。なにせ、本という本を、片っ端からななめに読んでいるような時期に乱暴に読んだので、随分誤読もしていると思います。今思うと、もう少し真面目に読めば違ったものを手に入れられたかもしれないのですが、その時に受けた印象をそのまま、この歳になるまでずっと担いできてしまいました。それで、今日はその時の自分が抱いた印象のままお話しします。

僕は一九四一年、昭和で言うと一六年、太平洋戦争の始まった年に生まれました。戦争が終わった時は四歳でした。父親に負ぶわれて逃げる中で、Ｂ29が落とす焼夷弾《しょういだん》が降って

くるのを目撃した最後の世代だと思いますが、戦争に負けて、小さい子どもなりに屈辱感に満ちていたのです。

同時にそれは、自分のいる日本という国が、何という愚かなことをして周りの国々に迷惑をかけたのだという、恥ずかしくて外に出られないような感覚でもありました。何を支えにこの国で生きていけばいいのだろうと。そういうことで日本がすっかり嫌いになっていったのです。『広場の孤独』という作品は、朝鮮戦争が始まった時期の東京で、ある新聞社を舞台に、そこで働く主人公が歴史の歯車にいやおうなくまき込まれ、いやおうなくコミット――参与してしまう中で、どう生きるか苦しむ姿を描いています。アメリカの資本主義下で戦争に加担するのか、共産党やソ連なのか……。結局、最後に主人公は、日本から逃れて亡命するという道を拒絶する、という筋なのですが、この作品から僕は、たとえ日本について嫌いだと思うところがあっても、〝それでも日本にとどまって生きなければならない〟という実に単純化したメッセージを受け取ったのです。

『漢奸』という小説は、堀田さんの上海での体験を基に書かれたものです。堀田さんは、日本が戦争に負けるということが分かってから上海に行って、何年間か、かなり自覚的に現地にとどまっていました。当時上海は日本の占領地で、そこで日本が管理する中国語の御用新聞を出していたのです。この小説は、その時に文芸欄を担当していた中国人の詩人記者の話です。「漢奸」というのは、要するに裏切り者のことですね。民族を裏切った者という意味です。その詩人は実に善良で、しかも日本語で訳されたシュールレアリスムを日本語で勉強して、シュールレアリスムの詩を書いていたのです。およそ政治と関係ない中国の青年なのですが、貧乏で小さな家に家族がいっぱいいるために、棺おけを部屋の中に置いて、その中に横になって詩を書くという人だったのです。

日本が降伏して、その後上海を中国国民党の政府が占領する。同時にそれを中国共産党軍が包囲する。二重スパイか、三重スパイか分からない人たちがいろいろ暗躍する中で、その善良な詩人は売国奴として懲役刑の判決を下される。歴史の歯車の上に乗っかって生きているという時に、自分が善良であっても、正しいことをやっていても、あるいは好きなことを一生懸命やっていても、それでいいのだということではないのだな、ということを強く感じた作品ですね。

自分がわずかに経験した戦争と戦後の間にも、そういうことがいっぱいあるのだな、と思いました。

何によって自分は突き動かされているのか

ですから僕が漫画を描いたり、何かを書く時にも、これはどういう意味を持っているのか、自分はどこまで見渡してこれを書いているのか、自分がどんなに善良にこれをやりたいと思ってやったことでも、その裏側にどういう意味があるのか、それから自分がどうしてやりたくなったのか、何によって自分は突き動かされているのか、突き動かされているものは本当にいいものなのか。そういうことを、ちゃんと考えてやらないと、この詩人記者と同じとんでもない運命になると思っているのです。これは非常に雑な受け止め方だと思うのですが、この二作品『広場の孤独』と『漢奸』という小説から受けた衝撃は、その後自分がアニメーションという職業をやっていく上でも、随分自分の最後のしんばり棒みたいになった体験でした。

実際には、その後の自分の判断をふり返ると、決定的な瞬間に何度も間違えた選択をしてきました。

イデオロギーというか、自分が空想した主義主張で判断して、自分の眼《め》で見た時の違和感や心のすみに浮いた疑問を軽視したからです。堀田さんの文学は、自分で見、自分で感じたことで、思想を組み立てるものだったのに、まあ、僕の判断は情けないものでした。

『方丈記私記』のこと

もう一つ僕が大切にしている堀田作品に『方丈記私記』があります。これは昭和二〇年三月、東京大空襲の最中に堀田さんが『方丈記』を読み、自身の体験と重ね合わせて、そこから新たに発見したことについて書かれたものです。『方丈記』。そう、今日はこの話をしなきゃいけないんですけど、『方丈記』を書いた鴨長明という人は、一一五五年に生まれています。ここに書いてきたんです。メモを取ってきて、ようやく覚えました（笑）。彼は、一二世紀、平安時代が崩壊して鎌倉時代に、貴族の世界から武士の世界に変わっていく時代の大変な動乱期に生きた、非常に才能のある人でした。ただ才能はあるのだけれども、いろいろな身の不運もあって、貴族の社会では出世できなかった。出世できないということは、例えば後鳥羽上皇のもとで歌の会があっても、どんなに才能があろうが一段低いところに、藤原定家などとは違うところにいなければいけない立場であるということです。そこからそのまま上には昇れなかった。さらに、実家は賀茂御祖《かもみおや》神社の禰宜《ねぎ》ですが、親父《おやじ》が死んでその跡を継ごうと思ったら、親戚の紛争でとうとう追い出されてしまう。何とか就職させようという後鳥羽上皇の配慮なども、もういいからと言って、それで出家して坊主になってしまった人です。

出家して庵《いおり》にこもって、さらにもっと奥まで引っ込んじゃおうと言って組み立て式の方丈を作った。すごく奥に入ったように思われがちですが、実際は京のすぐそばの日野山というところに入って、そこで『方丈記』を書いたわけです。五八歳から六二歳までそこで暮らしていますから、平均寿命三〇代の当時としてはもちろん長いほうです。

『方丈記』は、今、高校生の教科書に載っているかどうか分かりませんけれども、注解文で読むと、短いからあっという間に読めてしまう。何となく無常感が漂っているんだなという感じで終わってしまうのです。この世は無常だと。昨日読んでみたら、やっぱり僕はそういうふうに読んでしまうんですよ。しかし、堀田さんは、東京大空襲を挟んで、何度も何度も読んだと書き残していますが、全く違うふうに読んでいるんですよね。大火の様子や、日本で起こるのはあまり考えられませんが、実際にはあったと言われるつむじ風——つまり竜巻ですね——のことや兵乱のことなどが『方丈記』には書かれている。それを読んで堀田さんは、そういう書き方が、無常観を書くために並べられたことではなくて、本当に現実をきちんと見た人でないと書けない文章だと感じるのです。つまり、深く読み込んでいくと、鴨長明という人は、人間とは、世界とはどういうものなのだということを、はかないものだというだけではなく、実はもっと鋭くトゲを突き出したまま、見つめて生きてきた人なのだというところにたどり着いたのだと思います。

しかも、長明は、書いて死んだだけではない。『方丈記』を持って京の町に下りていって、「今度こういうものを書いたんだよ」と言って写させ、おそらく何がしかのものももらってきたはずなのです。それが写本になって、また写本になって残ったから『方丈記』は伝えられている。はかなんでいるばかりでなく、ちゃんと暮らしていたのだと思います。そういう生き方をしてくれる人だったからこそ、『方丈記』が残り、地面の上からものを見た人の記録、歴史が残っているのです。

人間の存在そのものとは何か

堀田さんは上海から帰国後、作家活動に入りますが、身辺が危うくなるようなことも含めて、さまざまな活動を行います。その中の一つがアジア・アフリカ作家会議への参加でした。その会議で出会った人たちが次々に殺されたり、行方不明になったり、捕らえられてしまうような経験を通じて、堀田さんは時代をきちんと見ようとしていたのだと思います。ソ連が「プラハの春」をつぶした時、やっぱり「プラウダ」……ソ連の大新聞ですが、その編集部に行って、嘘を書かなきゃいけないソ連の記者たちがウォッカの空ビンをゴロゴロさせて酔いどれている現場に居合わせたり、いろいろな歴史の現実の中、節目節目に立ち会っているところは、やはり鴨長明のような素質を持っているのか、長明のように生きようと思っていたのではないかと思うのです。言わば、堀田さんは自分の人生と重ねながら『方丈記』を読み解いてくれたとも言えるでしょう。

『方丈記』が書かれた平安末期は、大地震があって、大火があって、つむじ風があってという天変地異が京を襲うと同時に、鎌倉武士が殺し合いをして、いろいろなものを奪い合うという時代に移り変わっていく時です。それに対して平安京の天皇政権は全く無力で何をするかと言ったら拝むだけ。そうして、何をやっても無駄だということが分かると、デカダンスになるしかないというのが後鳥羽上皇だったのです。鎌倉武士はこの困難な時代に、何であんなに殺し合いをするのかというぐらい、殺し合って、つぶし合っていく。

そういう酷薄な時代というのは、今の時代に重なってくるんです。この『方丈記私記』を堀田さんが書かれた頃は、まだまだここに描かれている世界は遠いなと僕らは思っていました。今もありありと覚えているのですが、『方丈記』をめぐって、企画検討会というのをジブリで開いた時に、「今はまだ、僕らは貴族の館の築地塀《ついじべい》の中にいる。『どうもこの頃、給料の布をもらって売りに行っても、たいして粟が買えない』と、ぶつぶつ言っていたとしても、しょせん安全な築地塀の中にいる」と。「でも、そのうちだんだん築地塀が壊れるぞ。そうしたら舎人《とねり》も持ち逃げするし、夜盗も入ってくる」などと話していたのです。

それでもその頃は、まだロマンティックな、どこかSFのような、甘美な世紀末論みたいな話でした。ようやく、今、世界的に経済は破綻し、株価は乱高下し、暗黒の何とかだなどと新聞は騒いでいます。それを見ていると、平安時代の末期とちっとも変わらないのではないかと思うわけです。

堀田さんは、乱世というのは、何も戦争中に空襲を受けて、ごうごうと火が燃え上がって十何万もの人が亡くなるとか、原爆が落ちるとか、そういうことだけではないと言います。

やっぱり今も乱世のままなんだよと。僕はすぐ忘れてしまうのですが（笑）、多分テレビの市民講座か何かでおっしゃっていた。僕はあれを、もう一回お説教を受けているつもりで聞いたのですが――そのわりに本当にすぐ忘れてしまいますが（笑）――今の時代に至るまで、乱世の続きなのだと堀田さんは言っているのです。それは、東京大空襲、その後の中国の内戦、それから日本が何かの形でアメリカに加担し、ベトナム戦争にも加担し……という現代史の中でずっと続いていることなのです。つまり『方丈記私記』というのは、『方丈記』を読み解きながら、堀田さんが自分の見たもの、経験したものを踏まえつつ、最後に人間の存在そのものとは一体何か、というところまで触れて書かれたものだと思います。

堀田さんからの映画化の提案

その堀田さんが、何かの機会にお会いした時に、『方丈記私記』を映画にしないかとおっしゃいました。「あげるよ」と。僕は『方丈記私記』を初めて読んだ時、夜中に寝床で読んでいたのですが、まるで平安時代に自分がいるのではないかと思えて、立ち上がって思わず窓を開けてしまったほどの感覚に陥りました。外には火の手がほうぼうに上がる平安時代の京の町があり、その上を、見たはずのない東京大空襲の時、三〇〇〇メートルの高さまで降りてきて焼夷弾を落としていくＢ29が見えました。ぎらぎらしたＢ29の腹には地上の火が映って明るかった、といろんな人が書き残していますが、それがいっぱい見えてきそうなぐらい、リアリティーのある小説でした。
「そういうものを、ちょこちょこっとやればいいんだよ、劇画で」とおっしゃるのですが（笑）、「いや、それは難しいです」と。「『路上の人』でもいいよ」だとか（笑）、いろいろなことをおっしゃるのですが、以来、『方丈記私記』が何とか映画にならないかと、とにかく考えています。それには、実は知らなければいけないことや、分からないことが、まだいっぱいありますから、折に触れては何か拾って、ひょっとしたらこれは映画になるかなとか、ここが骨になるかなとか、そういうふうに探してはいますけれども、なかなか実現には至っていません。

鴨長明がどういうまなざしで生きていたのかについて、もう少し深く立ち入らないと、簡単に映像にはできないだろうと思うからです。見た人が、鴨長明と堀田さんと同じように生きた気分になって映画館からよろよろ出てきて新宿の町を歩く時、実は自分は平安時代の京都をさまよっているんだと思える――そんな映画だったらつくりたい。『方丈記私記』を読むと、そういう気持ちになるのですから。しかし、だからこそ、これは映像になかなかできないのだとも思うのです。

海原に屹立《きつりつ》している、鋭く尖《とが》った巌《いわお》のような人

僕は、このように僕らの一番の芯になっている堀田さんの三作品、『広場の孤独』と『漢奸』、それから『方丈記私記』を、ぜひたくさんの人に読んでもらいたいと思っています。これは強靭な文学です。強靭なものというのは、今これから始まってくる大混乱の時代、何かの形でものを考えたりする時の手掛かりになると思うのです。堀田さんの文学は決して流行《はや》った文学ではありません。しかし、それだけの力を持っています。そして僕にとってはとても大事なもので、お前の映画は何に影響されたのかと言われたら、堀田善衞と答えるしかありません。もちろん手塚治虫さんとか、いろいろな人の影響を受けていますが、一番芯になっているものは、やはり堀田善衞なのです。

実際、六〇年代の安保条約闘争が終わったあたりから、僕は「こんなことではいけないな」と思いながら、自分の道を模索して歩き始めるようになります。その時にも、ちょうど堀田さんが、小説を発表し、さまざまな場で活動されていて、いろいろなところで堀田さんや堀田さんの書いたものを見かけるようになりました。一つひとつ覚えているわけで

はないのですが、その時々に堀田さんが言った一言や、ちょっと書いた一つの文章に、背筋がしゃんとするような気持ちを何度も味わいました。世の中がガラガラと変わっていって、どうしたらいいのだろうと思う時にも、堀田さんの文章に出会うと、ホッとしたものです。

例えば、堀田さんは五九歳の時に日本を出て、スペインに渡りました。「自分は日本人だけれども、どこにいても日本人なのだから、どこにいてもいいんだ」というふうに考えて行かれたんですね。その文章に、僕は何だか本当にホッとしたのです。

なぜホッとしたかというと、仕事などで外国へ行くたびに、自分が日本人であるということに、さまざまな感情を抱き続けてきたからです。日本が急速に経済成長して、ちゃらちゃらした下品な団体が、恥ずかしげもなく金に飽かせて欧米中を歩き回り、恥をかき放題にやっている現状がある。そのことに一体僕はどうしたらいいのだろうと言いながら、外国にロケハンに行かなければいけない。行った先でガラスに映っている、洋服の似合わないみっともない奴がいるなと思ったら自分だったりとか、夏目漱石が感じた頃と全く変わらないことを同じように感じている。

しかし、そのような時にでも、「自分は日本人だけれども、どこにいても日本人なのだから」と堀田さんが言っているのを読む。日本の国はどうなっていくのだろうと考えている時にも、たまたま手にした堀田さんのエッセイに「国家はなくなるから」と軽く書いてある。そうするとですね、突然自分の視野がワアッと広がって自由な感じになるんです。つまり初めて読んだ時から、何か物事に迷ったり、ぶつかったりした時には、堀田さんは今何を考えているのだろうと思うのです。そして、堀田さんを探してキョロキョロしてきたんです。

本当に僕にとって堀田さんは、海原に屹立している、鋭く尖った巌のような人で、現代の歴史とか、経済情勢の波の上に立って動かない存在なのです。僕らは同じ方向に向かって船を漕《こ》いでいるつもりなのですが、いつの間にか右に行ったり、左に行ったり、わけが分からなくなってしまう。そうして自分の位置が分からなくなってしまった時に、ふと見ると堀田さんが、ああ、やっぱり同じ位置に立っていて、ああ自分はこんなに流されていると分かるという座標になるような人だったのです。

「空《くう》の空《くう》なればこそ」というエッセイ

では、堀田さんのように、そういった目線で世界を眺められるかというと、具体的には実にどうしていいか分からない。どうしていいか分からない僕らに対して、堀田さんが最後に書いてくれた文章というのが、亡くなった年に出された『空の空なればこそ』というエッセイ集です。これはまた、僕の勝手な思い込みで、僕に向かって書いてくれたことなのだと思っているのですが、『旧約聖書』の「伝道の書」についてのエッセイ「空の空なればこそ」があります。

堀田さんの全くの受け売りになりますが、『旧約聖書』の「伝道の書」に「ダビデの子、エルサレムの王、伝道者の言《ことば》」というのがあるそうです。僕は本屋で『旧約聖書』を立ち読みしたら載っていなかったものだから、困りまして、載っていないのですけど……と堀田さんに言ったところ、『旧約聖書』というのは別にこれだけ載せなければいけないという枠はなくて、いろいろなものを載っけたり、載っけなかったりするものだから、載っけていないやつもあるかもしれないと。大体、教養の違いというのは、そういうものなんですね（笑）。教養とは、たくさんの事柄を知っているということではない。ドストエフスキーを読んで、ヘーゲルを読んで、カントを語るから教養がつくのではない。空襲の最中、いつ死ぬか分からない時に、鴨長明の文章を何度も何度も読んで、行間にいろんなものを読み込んでいくという、自分の生存を賭けたような形で本を読むことができたというのが、教養になってくるのだと思うのです。

とにかく、その「ダビデの子、エルサレムの王、伝道者の言」の中には、

伝道者言《いは》く、空《くう》の空《くう》、空《くう》の空《くう》なる哉、都《すべ》て空《くう》なり。日の下に人の労して為《なす》ところの諸《もろもろ》の動作《はたらき》はその身に何の益《えき》かあらん。

ということが記されています。やれることは全部やった。楽しめることは全部やった。築ける限りの財産を全部築いた。これ以上手に入るものはない、妻も妾《めかけ》もいっぱい持ったと。全部やったけれども、やっぱり空《くう》だと書いているのです。やっていない人間がやせ我慢で空《くう》だと言うのは結構言えそうですが、エルサレムの王が言っている。また、こういう言葉

も非常にいい。

汝《なんぢ》、義《ただしき》に過《す》ぐるなかれ、また、賢《かしこき》に過《す》ぐるなかれ。汝《なんぢ》、なんぞ身を滅《ほろぼ》すべけんや。

と。そんなことで身を滅ぼしてはいけないよと。

僕らの学生時代には、みんな政治的な主義主張をして、どこかで拷問されたり、身を挺《てい》して説を曲げずに死ななければいけないというような風潮が、どこかしらありました。でも、僕は内心そういうのは恐ろしい、できないなあと思っていたのです。そうしなければいけないと虚勢を張っているだけでした。そうしたら、堀田さんが「ペンを血に浸して書くことはない」とあるエッセイで書かれていた。それはソ連の中で反体制運動をしようとする友人に向けられた言葉で「そんな危険なことは止《や》めろ。日本の軍閥政治だって40年で滅びたのだから、ソ連のこの体制もいつかは滅びる、それまで待て」といった内容だったのです。僕は自分の臆病を棚に上げて、その時、もう本当に、堀田さんに救われたような気がしたものでした。

「伝道者の言」には、また、

汝《なんぢ》、悪《あしき》に過《すぐ》るなかれ、また愚《おろか》なる勿《なか》れ。汝《なんぢ》、なんぞ時いたらざるに死《しぬ》べけんや。

ともあります。「汝《なんぢ》、なんぞ時いたらざるに」——その時ではないのに死んでもいいものかということが書かれているわけです。生きなさい。それが一番大事なことだということなのです。

人の智慧《ちゑ》は、その人の面《かほ》に光輝《ひかり》あらしむ。又その粗暴面《あらきかほ》も変《あらたまる》改べし。

人の知恵は人の顔をよくする。それしか書かれていません。正しきことがいいことなのは、つまり、ひどい顔もよくなるという（笑）、そのぐらいのものだと言うのです。そして最後に、どうやって生きるかという締めくくりがあるのですが、それが、汝《なんぢ》、往《ゆき》て喜悦《よろこび》をもて汝のパンを食《くら》ひ、楽《たのし》き心をもて汝の酒を飲め。其《そ》は神久しく汝の行為《わざ》を嘉納《よみし》たまへばなり。汝の衣服《ころも》を常に白からしめよ。汝の頭《かしら》に膏《あぶら》を絶《たえ》しむるなかれ。日の下に汝が賜《たま》はるこの汝の空なる生命《いのち》の日の間《あひだ》、汝、その愛する妻とともに喜びて度生《くら》せ。汝の空なる生命《いのち》の日の間しかせよ。是は汝が世にありて受る分《ぶん》、汝が日の下に働《はたら》ける労苦《らうく》によりて得る者なり。凡《すべ》て汝の手に堪《たふ》ることは力《ちから》をつくしてこれを為《な》せ。其《そ》は汝の往《ゆか》んところの陰府《よみ》には、工作《わざ》も計謀《はかりごと》も知識《ちしき》も智慧《ちゑ》もあることなければなり。

神様がそれでいいと思っているのだよ、そうなさいと言っているのだ。つまりいつかは消えていくのだけれども、自分が生きている間——汝の空なる生命の日の間は、汝の愛する妻とともに喜びて暮らせ。生きている間はそうしなさいと。汝がこの世にありて受けるものは、汝が日の下の働ける苦労によって得たものなのだから。だからすべて汝は汝の子に……。あ、ここはメモの字を間違えていますね。よく間違えて自分で自分の字が読めなくなるんですけれども（笑）。だから、自分に耐えられることは、力を尽くしてこれをしなさい。そして、この最後がいいのです。なぜなら、お前の行く黄泉《よみ》の世界には、権謀術策もないかわりに知恵も知識もないのだから、と締めくくっているのです。

すごいニヒリズムと言えば、ニヒリズムなのですが、これを堀田さんは最後のエッセイの中に書いて、そのあとがきを読むと「空の空なるに坐《ざ》して、」とある。堀田さんはその境地にきているのだなと思いました。僕もそういう境地になれたらいいなと思うと同時に、堀田さんがそこに書き残してくれたことが、非常に助かったのでした。

自分たちは絵草紙屋だと僕は思っているのですが、アニメーションをお客が入るか入らないかでドキドキしながらつくって、その次は何をつくるんだと右往左往して、そういうことをしながら人生が無駄にぞろぞろ過ぎていってしまいます。世界はこんなふうになって、異常気象も進んで、どのみちとんでもないところに生きなければならない。じゃあ、どうすればいいのかという話になるのです。そうすると、これを言うことにしています。「汝、往て喜悦をもて汝のパンを食ひ」と。まあ、しかし、これを言ったところで解決はしませんが。

一つの答え——保育園

では、僕らはどうするか。ジブリが一体何年続くのか、続きゃしないよというのを一番よく分かっているのが、プロデューサーの鈴木敏夫と僕なのです。そこで、僕らは保育園をやることにした。企業内保育園は大変な持ち出しになります。道楽です。保育士さんをやりたいという人たちを非常勤職員として雇って、モンスターママたちの文句と役所のあだこうだの中で奮戦しながら、やってもらっている。保育園は何のためにやるのか。大人のためではない。お母さんのためにやるのではない。お母さんのためにやるなら、地方自治体がやってくれるのだから、それでいいでしょう。僕らがやるのは、子どもたちのためです。

子ども時代の記憶というものは、誰もがみんなやがて忘れていきます。しかし、忘れていく時に何かいい瞬間が一つでもあったら、天が落っこちてきたり、炎が燃え上がったりして、この中で死ななければならないような状況に陥った時でも、生まれてきた甲斐があるなという思いを抱くことができるかもしれない。なぜなら、あらゆる楽園のイメージの源は幼年期にあるからです。その瞬間をもしも自分たちがつくれるのなら……そんな思いから始めたのです。

ジブリの経営を、この保育園が圧迫するのは目に見えています。でも、それは目に入っていますから、そのようなことはどうでもよいのです。映画が一回当たれば何とか持つのですから。逆に、次の映画が当たらなければ何をやってもどうしようもないのだから、この保育園が三年持つとか五年持つとか、明日のことは考えない。そのようなことよりも、この「空の空なればこそ」に堀田さんが書かれているように「力をつくしてこれを為せ」それでいいのだと。

一番小さい子どもは、まだ歩けません。やっと立つぐらいなのですが、その子がおむつをしたまま砂の上に放り出されている。そして、少し年上の子が砂のだんごか何かを持ってくると、口に入れて食べているのです。平和です。何という幸せだろうと思うのです。

保育園が永遠なれとは全然思いません。それはいい。ジブリがつぶれればつぶれるし、その前にこちらがくたばるかもしれません。死んだ後に何が残るか分からないけれども、権謀術策もないかわりに、知恵や知識もないよというふうに、堀田さんが言っているのだから、そうに違いない。だから、とにかく「堪ることは力をつくしてこれを為せ」これで行くのだと思っています。堀田さんは、それで「汝の酒を飲め、楽しき心を持って」ということまで最後に書き残してくれたのだと思っているのです。

「日の下に力をつくしてこれを為せ」という時の仕事というものは、これをやっていれば世の中のためになるのだとか、これをやっていれば意義のあるものになるのだという決まった仕事ではありません。しかし、どんな仕事でも、多分その瞬間はやってよかったとか、意味があったという瞬間を持っている。それを見つけなければいけないという意味ではないかと僕は思っています。

堀田さんが生きていたら、まだ聞きたいことがたくさんあります。例えば、堀田さんだったら、最近の経済状況、株価の乱高下などをどう思うのかな、などと折に触れて、ついつい思いますが、「君たちの日本は大変だね」と言いながら、ワハハと笑うに違いありません。なぜなら、堀田さんはスペインに行った時からずーっと路上の人になったんだと思います。日本に帰って逗子《ずし》の山の中にいた時も、路上におられたのだと思います。で、「君たちの日本は大変だね」とおっしゃるのです。希望だとか絶望だとかいうことではなく、人というのはこういうものだと書かれているところに『方丈記』の真価を見出した堀田さんが、右往左往している我々のために、最後に「空の空なればこそ」を残してくれた。僕らは、その堀田さんが最後に残してくれた言葉を胸に、生きていくしかないかな、と思っているわけです。

取りとめのない話をしてしまいました。僕の話は本当にまとまりがなくて、話そうと思ったことをいっぱい書いては来たんですけど、全部忘れちゃうんです（笑）。さっき読んだら同じことが書いてあるなと思って、これではまずいなと思いました（笑）。まだ一時間も経っていないですね。映画だといくらでも長くなるんですけれども、それでは困るので、今日はここら辺で終わります。

＊「伝道者の言」は『空の空なればこそ』（筑摩書房）より引用。

終章

堀田善衞　二〇のことば

富山県　高志の国文学館

堀田善衞の著作の中から、堀田善衞の思想の核となる言葉、現代の私たちが学ぶべき言葉、次の世代を担う人たちに伝えたい言葉を選び、「堀田善衞のことば」として、ここに記します。

1 「広い世界で働こう、広い世界を知り抜こう」

風はどこから吹いて来る
丘を吹く風　海の風
風はどこから吹いて来る
丘を吹く風　海の風
港の町に育つ仕合せは
風の故郷と行く先を

マストの鷗とともに知る
倉庫の蔭で働く人も
ウィンチ巻いて荷揚げの人も
みんな行く手を知っている
広い世界で働こう
広い世界を知り抜こう
たとえわれらの町の長い冬
海の色は暗くても
その暗い重さはわれわれの
心の錨　学んで知るは羅針盤
さあ船出しよう　エンジンかけて
広い世界で働こう

広い世界を知り抜こう
風はどこから吹いて来る
丘を吹く風　海の風

（「風はどこから吹いて来る――伏木中学校の歌――」『堀田善衛全集1』より）

【解説】伏木出身の堀田が生徒たちに語りかけるようにメッセージを贈る「伏木中学校の歌」。伏木は日本海側の海運の要衝であり、堀田の生家は江戸時代から続く老舗《しにせ》の廻船問屋であった。堀田は幼少の頃から自然と国籍にとらわれない国際人としての資質を身に付けていった。

2　世界の水平線を見つめて

水平線を見て育った者は、
真直ぐ前を見て行くのだ。

【解説】県立神奈川近代文学館に所蔵されている『若き日の詩人たちの肖像』の原稿の最終ページに記された言葉。一九六八年に出版された単行本には、この言葉は掲載されていない。幼くして広い世界に目を向けるようになった堀田の覚悟が表明されている。

3 新たな現実を創造する以外に道はない

二人の跫音が消えたとき、木垣はぶるっと頭を振って再び空を仰いだ。星々はいつの間にか消えてしまって、空はいつものように暗かった。光りは、クレムリンの広場とかワシントンの広場とか、そういうところにだけ、虚《むな》しいほどに煌々《こうこう》と輝いているように思われた。そして彼はそこにむき出しになっている自分を感じた。生れてはじめて、彼は祈った。レンズの焦点をひきしぼるような気持で先ず書いた。

広場の孤独

と。

(『広場の孤独』より)

【解説】『広場の孤独』（中央公論社、一九五一年）は、朝鮮戦争に踏み出そうとする日本に危機感を抱いた多くの人々の共感を呼んだ。主人公の木垣は新たな自己の現実を創造する以外に道のないことを悟り、その一歩を踏み出すところでこの小説は終わっている。この木垣の覚悟は、堀田自身の強い意志の表れでもあった。

4 「何万人ではない、一人ひとりが死んだのだ。」

何百人という人が死んでいる——しかし何という無意味な言葉だろう。数は観念を消してしまうのかもしれない。この事実を、黒い眼差しで見てはならない。また、これほどの人間の死を必要とし不可避的な手段となしうべき目的が存在しうると考えてはならぬ。死んだのは、そしてこれからまだまだ死ぬのは、何万人ではない、一人一人が死んだのだ。一人一人の死が、何万にのぼったのだ。何万と一人一人。この二つの数え方のあいだには、戦争と平和ほどの差異が、新聞記事と文学ほどの差がある……。

（『時間』より）

【解説】一九三七年の南京事件を中国人の知識人の視点から描いた長編小説『時間』（新潮社、一九五五年）。戦争という極限の「時間」がいかに人間を狂わせるか。何万人が死んだのではない、死んだのは一人ひとりの人間なのだと、戦争と人間存在の本質を問う。悲惨な歴史を繰り返さないために、過去の歴史を直視し、歴史から学ぶのだと堀田はいう。

5　インドで考えたこと

人々が、この世の中について、人間について、あるいは日本、または近代日本文化のあり方などについて、新しい着想や発想をもつためには、ときどきおのおのの生活の枠をはずして、その生活の枠のなかから出来るだけ遠く出て、いわば考えてみたところで仕方のないような、始末にもなんにもおえないようなものにぶつかってみる必要が、どうしてもある、と思われる。（『インドで考えたこと』より）

【解説】一九五六年、堀田はニューデリーで開催された第一回アジア作家会議に参加するためにインドを訪問した。『インドで考えたこと』(岩波新書、一九五七年)は、過酷な自然と貧困を抱えながら多様な文化を育むインドを肌で体験した記録であると同時に、日本に対する鋭い文明批評の書として読み継がれ、ロングセラーとなっている。

6 「足に聞け」

この鴨長明という人は、なんにしろ何かが起ると、その現場へ出掛けて行って自分でたしかめたいという、いわば一種の実証精神によって、あるいは内なる実証への、自分でも、徹底的には不可解、しかもたとえ現場へ行ってみたところでどういうこともなく、全的に把握出来るわけでもないものを、とにもかくにも身を起して出掛けて行く、彼をして出掛けさせてしまうところの、そういう内的な衝迫をひめた人、として私に見えているのである。

(『方丈記私記』より)

【解説】一九四五年三月一〇日、東京大空襲のただ中で、堀田は鴨長明の『方丈記』が、中世を覚めた目で見つめたルポルタージュであることを発見した。『方丈記私記』（筑摩書房、一九七一年）は、「私が以下に語ろうとしていることは、実を言えば、われわれの古典の一つである鴨長明「方丈記」の鑑賞でも、また、解釈、でもない。それは、私の、経験なのだ」として書き始められた。同年、毎日出版文化賞を受賞。

7　日本に絶望した瞬間

これらの人々は本当に土下座をして、涙を流しながら、陛下、私たちの努力が足りませんでしたので、むざむざと焼いてしまいました、まことに申訳ない次第でございます、生命をささげまして、といったことを、口々に小声で呟いていたのだ。

私は本当におどろいてしまった。私はピカピカ光る小豆色の自動車と、ピカピカ光る長靴とをちらちらと眺めながら、こういうことになってしまった責任を、いったいどうしてとるものなのだろう、と考えていたのである。（中略）ところが責任は、原因を作った方にはなくて、結果を、つまりは焼かれてしまい、身内の多くを殺されてしまった者の方にあることになる！　そんな法外なことがどこにある！　こういう奇怪な逆転がどうしていったい起り得るのか！

というのが私の考え込んでいたことの中軸であった。

（『方丈記私記』より）

【解説】東京大空襲を受け、親しくしていた女性の消息を確かめるため、三月一八日に、深川を歩いていて遭遇した場面。「あのときは、日本および日本人に心底絶望しました」と『めぐりあいし人びと』の中で回想している。その後、堀田が、「日本とは、日本人とは何か」を問い続ける契機となった体験であった。

8　「国家もまた永久不変ではなく」

私が慶応の予科に入るために上京したのが、一九三六（昭和十一）年の二月二十六日。まさに二・二六事件の当日でした。（中略）つまり、軍隊は反乱を起こすことがある、また、天皇がその軍隊を殺せと命令することもある、そういうことを認識させられたということです。

これは、生家が没落したという経験とも重なって、国家もまた永久不変ではなく、軍隊の反乱などによって崩壊することもあるのだという、中世の無常観ともつながる感覚を与えられたわけで、こうした経験は、私自身の人格形成に深い影響を与えているだろうと思われます。

（『めぐりあいし人びと』より）

【解説】『めぐりあいし人びと』（集英社、一九九三年）は、ネルー、サルトル、ソルジェニーツィンらとの交友、追い求めた定家、長明、ゴヤの世界など、人々との出会いと交流を軸に語る自伝的回想録。親しい編集者に語るという構成を採ったため、行間から堀田の肉声が聞こえてくる。

9　過去未来を内包する〝現代〟

歴史というものは、過去のものであって、現在とはかかわりのないということは、これは人が生きている限り絶対にないのである。そして、未来というものも、過去の反映として現在を解釈するということがあり得るだろう。

（『時代と人間』より）

【解説】戦後の混沌とした情勢の中で、鴨長明の『方丈記』や藤原定家の『明月記』を読み、日本はどうなっていくのかを問い続け、自ら歴史の「観察者」と称し、歴史から学ぶことの重要性を主張し続けた。

10　「歴史は繰り返さず、人これを繰り返す」

人間の存在は、たとえば巨大な曼陀羅の図絵のように、未来をも含む歴史によって包み込まれていると思う。
よく、「歴史は繰り返さず」というが、このことばにはもう一つ、「歴史は繰り返さず、人これを繰り返す」ということばがくっついていたはずである。

（『時代と人間』より）

【解説】一九九二年にNHK教育テレビで放映された「NHK人間大学　時代と人間」全一三回のテキストを単行本化したもの。堀田善衛の代表作品に登場する乱世に生きた人物たちを歴史の観察者の視点から語る。作品の核心を自ら簡潔明瞭《めいりょう》に述べている。

11　紅旗征戎吾ガ事ニ非ズ

国書刊行会本（明治四十四年刊）の『明月記』をはじめて手にしたのは、まだ戦時中のことであった。言うまでもなく、いつあの召集令状なるものが来て戦場へ引っ張り出されるかわからぬ不安の日々に、歌人藤原定家の日記である『明月

記』中に、

世上乱逆追討耳ニ満ツト雖《イヘド》モ、之ヲ注セズ。紅旗征戎《コウキセイジユウ》吾ガ事ニ非ズ。

という一文があることを知り、愕然としたことに端を発していた。その当時すでにこの三巻本を入手することはまことにむずかしかった。私は知り合いの古本屋を、いつ召集されるかわからぬのに、この定家の日記を一目でも見ないで死んだのでは死んでも死にきれぬ、といっておどかし、やっとのことで手に入れたものであった。

定家のこの一言は、当時の文学青年たちにとって胸に痛いほどのものであった。自分がはじめたわけでもない戦争によって、まだ文学の仕事をはじめてもいないのに戦場でとり殺されるかもしれぬ時に、戦争などおれの知ったことか、とは、もとより言いたくても言えぬことであり、それは胸の張裂けるような思いを経験させたものであった。

(『定家明月記私抄』より)

【解説】堀田は召集令状によっていつ戦場に赴くことになるか分からない不安の中で、藤原定家の『明月記』に出会った。平安末期から鎌倉初期の大動乱の世にあって、貴族である定家が「戦争など俺の知ったことか」と言い放つ一文を知り驚愕《きょうがく》する。『定家明月記私抄』(新潮社、一九八六年)は、『明月記』を読み解き、乱世と定家の実像を浮き彫りにする。

12 衝突のないところに文化の発展はない

文化は、実にカルチュア・ショックによってこそ伸びて行けるのである。文化に生粋とか純粋などということはありえない。文化は、つねに異文化との衝突、抵抗、征服、頡頏《けっこう》、被征服、混淆等々の戦いのなかからこそ、成立し、伸長して行くのである。

戦時中の学生時代に、日本精神と日本文化の故郷などと言われていたとき、私は京都と奈良をつぶさに見てまわって、ついにつぶやいたことがあった。
「何だこれは、みな朝鮮とシナじゃないか」
と。

（『日々の過ぎ方――ヨーロッパさまざま』より）

【解説】スペインの長期滞在中に記した日々の記録『日々の過ぎ方――ヨーロッパさまざま』（新潮社、一九八四年）は、そのまま鋭い洞察に彩られた文化論となっている。

13 路上から見る

あちこちヨーロッパを歩き回っていると、結局、僕自身が路上の人なんだと、ルンペンなんだという気がひしひしとしてきてね。またルンペンであった方がヨーロッパは見えてくる。組織に属した者は眼を組織の方に向けてしまうから、自分のいるところが見えなくなってしまう。そのいい例が日本の欧米駐在外交官

（笑）。それで、主人公は浮浪の人になってしまったんです。

（『路上の人』〈徳間書店、二〇〇四年〉所収　篠田一士との対談より）

【解説】 堀田善衞は、国家が成立する前の一三世紀前半のヨーロッパに着目し、皇帝や諸国の王たちと対抗するローマ法王庁の権謀術数と惨劇を「路上の人」ヨナの目線から観察し、人間の自由と尊厳を問う長編小説『路上の人』（新潮社、一九八五年）を書いた。ヨナ（Jona de Rotta）は堀田自身の分身であると、対談の中で述べている。

14 「おれは、人が生きることに賛成なのだ」

「第一に、法王のこの異端殺戮に反対。第二に、フランス王の土地併呑に反対。第三に、皇帝の法王に対する戦争に反対。第四に、トゥルーズ伯の小賢《こざか》しい政治的細工に反対。第五に、彼等の宗教の、現世否定に反対。第六に、……」

ヨナが口をはさんだ。

「ルクレツィア様が死なれますことに反対……」

騎士の顔は焚火の火に照らし出されていたが、表情に何の変化もなかった。ルクレツィアの現実の死よりも先に、騎士自身が、魂のなかにすでに一つの死を抱いているものであったかもしれなかった。

「旦那《メセーレ》、そんなにも何もかにもに反対なのでしたら、旦那は何に賛成なさいますんで？」

「おれか、おれは、人が生きることに賛成なのだ」

（『路上の人』より）

【解説】カトリック教会の十字軍は異端カタリ派の征伐に乗り出し、カタリ派はフランスのモンセギュールの城塞に籠城し、信仰を放棄しなかった信者は火刑となった。騎士は、法王付き大秘書官として双方の委任を取り付け、交渉役を果たそうとしていたが、双方から拒否された。堀田は、本来神は人々に幸せと安らぎをもたらすものであるはずが、巨大な権力と化し、人々の自由な意思を奪う非寛容、非共存の精神に対して異議を唱えた。

15　公平な視点

ゴヤは、敵味方、つまりフランス軍とスペイン・ゲリラの双方の戦争の残虐さを、まことに公平な視点でとらえていて、それを見事に描き分けています。決して侵略される側のスペイン・ゲリラのほうにのみ立っているわけではなく、その悲惨さを冷徹に描いています。そして、自由、平等、博愛という魅力的なイデオロギーを掲げながら、軍隊という野蛮な力をもって他国を踏みにじるナポレオン軍に対する批判も十分に尽くされている。

（『めぐりあいし人びと』より）

【解説】内外の人々との交流や自らの文学のエッセンスを生き生きと語る貴重な証言『めぐりあいし人びと』の中で、堀田はゴヤの公平な視点について語っている。堀田は『ゴヤ』（全四巻、新潮社、一九七四〜七七）で、華麗な宮廷画家から、大病を患い聴覚を絶たれ、天国と地獄の同居する社会を冷静に観察する画家として、風刺画に新たな境地を切り開いていくゴヤを描いている。

16 「美術とは見ることに尽きる。」

美術とは何か。美術とは見ることに尽きる。そのはじめもおわりも、見ることだけである。それだけしかない。

見るとは、しかし、いったい何を意味するか。

見ているうちに、われわれのなかで何かが、すなわち精神が作業を開始して、われわれ自身に告げてくれるものを知ること、それが見るということの全部である。すなわち、われわれが見る対象によって、判断され、批評され、裁かれているのは、われわれ自身にほかならない。（『ゴヤ』より）

【解説】堀田は大作『ゴヤ』（前掲書）を書くにあたって、全作品の実物を「見る」ことを自らに課し、一〇年余りをかけて粘り強く個人所蔵者、美術館を訪ね歩いた。『ゴヤ』

は、目まぐるしく変貌するスペインの政争を背景に、徹底した踏査によって、苦難に満ちた画家ゴヤの人生と作品をたどり、時代の証言者としての実像を浮き彫りにした。一九七七年、大佛次郎賞受賞。

17　納得できない場合には、未決のままにしておかなければならない

未決のままにしておこう、などと言い出す思想家を果して思想家と呼べるものであろうか。思想家とは、一定の原理原則にもとづいて、人間精神の運動をどこまでも解明して行く者のことを言うのではなかったか。

世に理論的解決と言われるような解決は、掃いて捨てるほどにもあるものであったが、その多くは論理の上だけの、単なる辻褄《つじつま》合せにすぎない。

現実には、多くの思想家もまた、多くの〈未決のまま〉の思想的課題を抱えて生きているのであり、しかも多くは、〈未決のまま〉のものを、墓場にまで持ち越して行ってしまうのである。〈未決のまま〉の課題を持たず、すべてが解明さ

れたと思考し得る思想家は、思想家などとは到底言えないであろう。それこそ怪異、奇蹟と呼ぶべきである。

〈私もまた昔はそんな風であった。〉

未決のままのものを多く抱え込んだ思想家は、往々にして懐疑主義者と呼ばれがちである。けれども、ある重大な疑問があるとして、それを性急に解決しようとする、解決のために解決をする思想家があるとすれば、そういう思想家は懐疑主義者とさえ呼ばれはしないであろう。ニーチェのように、「神は死んだ」と断言することだけが思想家の任務なのではない。〈未決のまま〉にして、それを胸中に置いたまま生きることの方が、はるかに勇気を要するのである。

（『ミシェル　城館の人』より）

【解説】イデオロギー抗争、暴動、虐殺、陰謀がうごめく一六～一七世紀のフランスを見つめ、不朽の書『随想録（エセー）』を著したミシェル・ド・モンテーニュ。堀田は『ミ

シェル　城館の人』（全三部、集英社、一九九一年〜九四年）で、宗教や国家からの人間解放を理想に掲げ、人間らしく誠実に生きようとしたミシェルの姿勢に深く共感し、その軌跡を描いた。

18「十七歳から二十二歳までの読書が君の人生を決定する。」

十七歳から二十二歳までの読書が君の人生を決定する。本当にそうなのだ。怖いことだと思わないか。この世は君一人のものではないのだ。他というものがいるのだ。その他とは何か。どういうものであるかを、教えかつ知らせてくれるということが、読書の中身なのだ。思慮深く、強い決断をもった人間を育ててくれる、最良の手段が読書というものなのだ。君がもう二十二歳を越えていても、遅すぎるということはない。一冊の書物を手にせよ。出発はそこからだ。

（『ミシェル　城館の人』の書店販促キャンペーンのための原稿より）

【解説】堀田は一三歳で石川県立金沢第二中学校に入学、親戚の堀田楽器運動具店に下宿していたが、一五歳の時、金沢聖ヨハネ教会の司祭一家と生活するようになった。この頃、音楽と英語を身に付けた。一八歳で慶應義塾大学法学部予科に入学、二二歳で文学部仏蘭西文学科に転科。学友となる白井浩司、加藤道夫、芥川比呂志《ひろし》をはじめ、詩の同人誌に集まる田村隆一、加藤周一、中村真一郎らと知り合った。この文章は自らの経験に照らして述べている。法学部から文学部への転科がきっかけとなって、作家への道を歩むことになった。

19　国家主権ではなく、人間のための環境主権を

おそらくこの国家主権なるものと、人間の、人間による、人間のための環境主権というものとの挑戦・衝突は、これからの最大の歴史的課題になって行くものと思われる。

デカルトの〈われ思う、故に、われ在り〉は、トマス・アキナスの〈われ在り、

故に、われ思う〉をひっくりかえしたものであった。

地球存在の方が、国家主権や核爆発などに先立たなければならないであろう。

（『空の空なればこそ』より）

【解説】スペインから帰国後の堀田は、『未来からの挨拶』（筑摩書房、一九九五年）、『空の空なればこそ』（筑摩書房、一九九八年）などで精力的に、混迷を深める現代の向かうべき方向について読者に語りかけている。

20　空の空なればこそ

我この空《くう》の世にありて、各様《もろもろ》の事を見たり。義人《ただしきひと》の義《ただしき》をおこなひて亡《ほろ》ぶるあり。悪人《あしきひと》の悪《あしき》をおこなひて長寿《いのちながき》あり。汝《なんぢ》、義《ただしき》に過《すぐ》るなかれ、また、賢《かしこき》に過《すぐ》るなかれ。汝《なんぢ》、なんぞ身を滅《ほろぼ》すべけんや。汝《なんぢ》、悪《あしき》に過《すぐ》るなかれ、また愚《おろか》なる勿《なか》れ。汝《なんぢ》、なんぞ時いたらざるに死《しぬ》べけんや。

（旧約聖書『伝道の書』＊編者注）

この現実論、あるいは社会的不条理についての認識は、おそらく如何なる現実論よりも現実的である。「汝、義に過るなかれ、賢に過るなかれ」とは、よくもよくも言ったものである。これこそは、「都《すべ》て空《くう》なり」と認識した者にしてはじめて言い得る言説であろう。

現実に存在する矛盾を、かくまでも率直に直視し得る目というものも稀な筈である。

（『空の空なればこそ』より）

【解説】『空の空なればこそ』は、旧約聖書の「伝道の書」第一章巻頭の有名な「空の空空の空なる哉《かな》　都て空なり」から採られている。「伝道の書」は、人間社会の不条理と矛盾を説き、人間のありのままの姿を肯定し、現実に執着せず、そこから逃避するのでもなく、各々が分に応じて生を享受すべきと説く。それを受け、堀田は「現実に存在する矛盾を、かくまでも率直に直視し得る目」の必要を強調している。本書は、堀田を自らの羅針盤だとする宮崎駿が、ずっと手元に置いている本だと述べている（第五章参照）。

出典

『広場の孤独』中央公論社、一九五一年／新潮文庫、一九五三年

『時間』新潮社、一九五五年／新潮文庫、一九五七年／岩波現代文庫、二〇一五年

『インドで考えたこと』岩波新書、一九五七年

『方丈記私記』筑摩書房、一九七一年／新潮文庫、一九七六年／ちくま文庫、一九八八年

『ゴヤ』（全四巻）新潮社、一九七四〜七七年／朝日文芸文庫、一九九四年／集英社文庫、二〇一〇、二〇一一年

『日々の過ぎ方――ヨーロッパさまざま』新潮社、一九八四年／ちくま文庫、一九九一年

『路上の人』新潮社、一九八五年／新潮文庫、一九九五年／徳間書店、二〇〇四年

『定家明月記私抄』新潮社、一九八六年／ちくま学芸文庫、一九九六年

『ミシェル　城館の人』（第一部〜第三部）集英社、一九九一〜九四年／集英社文庫、二〇〇四年

『めぐりあいし人びと』集英社、一九九三年／集英社文庫、一九九九年

『空の空なればこそ』筑摩書房、一九九八年

『時代と人間』徳間書店、二〇〇四年

おわりに

二〇一八（平成三〇）年は、堀田善衞の生誕一〇〇年、没後二〇年に当たります。それを機に、富山県 高志の国文学館では、生誕一〇〇年記念特別展「堀田善衞―世界の水平線を見つめて」（二〇一八年一〇月一七日～一二月一七日）を開催致します。本書は、特別展の開催に合わせて、堀田善衞の魅力を伝えるために刊行するものです。

堀田善衞は、一九一八（大正七）年七月一七日、富山県高岡市伏木の廻船問屋に生まれました。一九三六（昭和一一）年、慶應義塾大学法学部予科の入試のために上京、二・二六事件に遭遇します。一九四〇（昭和一五）年、慶應義塾大学法学部政治学科から、文学部仏蘭西文学科に転科。一九四五（昭和二〇）年三月一〇日、東京大空襲を目の当たりにしました。同月上海へ渡り、敗戦前後の混乱期を上海で過ごし、一九四七（昭和二二）年に帰国。一九九八（平成一〇）年九月五日、八〇歳で亡くなるまで、乱世に生きる人間像を描き続けました。

第二六回芥川賞を受賞した『広場の孤独』、『漢奸』、南京虐殺事件を中国の知識人の視点から記した『時間』、発表当時多くの学生たちの愛読書となった『若き日の詩人たちの肖像』をはじめとした小説。『方丈記私記』、『ゴヤ』、『定家明月記私抄』、『ミシェル 城館の人』のように時代の観察者たちを記した評伝。『インドで考えたこと』、『上海にて』などアジア各国を歴訪した体験から著された文明批評。一九七七（昭和五二）年から一〇年にわたり断続的に暮らしたスペインから、ヨーロッパと日本の歴史、風土、文化を論じた『オリーブの樹の蔭に――スペイン430日』、『スペイン断章』といった紀行、随筆など、歴史と人間を深く見つめた著作を数多く残しました。堀田善衞の著作は、世界を実際に歩いて、見て、知ること、歴史の重層性を知識のみならず体感として知ること、その上で考えることの大切さを伝えています。

最後になりましたが、新書化に際してご尽力頂きました池澤夏樹氏、吉岡忍氏、鹿島茂氏、大髙保二郎氏、宮崎駿氏の各氏に、改めて深謝申し上げます。

また、本書の刊行と特別展の開催に際しまして、一方ならぬお力添えを頂きました堀田善衞氏の長女・堀田百合子氏、集英社取締役・村田登志江氏に心より御礼申し上げます。

さらに、同社新書編集部の細川綾子氏には、刊行のための実務をご担当頂きました。北日本放送報道制作局長・桐谷真吾氏、ディレクターの濱谷一郎氏、カメラマンの村井一弘氏にはインタビュー映像の撮影と制作をお願いしました。濱谷氏、細川氏には、インタビュアーとしてもご協力頂きました。記して謝意を表します。

現代に生きる方々、とりわけ若い方々に、堀田善衞の文学の新たな魅力、現代を生き抜くための力強い言葉と思想を感じて頂くことができましたら幸いです。

二〇一八年一〇月

富山県　高志の国文学館

生誕一〇〇年記念特別展「堀田善衞―世界の水平線を見つめて」
会　場：高志の国文学館（富山県富山市舟橋南町二番二二号）
会　期：二〇一八年一〇月一七日（水）～一二月一七日（月）
主　催：高志の国文学館
共　催：北日本放送
特別協力：岩波書店　株式会社スタジオジブリ　県立神奈川近代文学館／（公財）神奈川文学振興会　集英社　筑摩書房　堀田百合子

展覧会統括　生田美秋（高志の国文学館事業部長）
展覧会・インタビュー担当　小林加代子（高志の国文学館主任・学芸員）

【年表】堀田善衞の足跡

※本年表は、「堀田善衞年譜」(『堀田善衞展 スタジオジブリが描く乱世。』図録、県立神奈川近代文学館、二〇〇八年)により、高志の国文学館が作成しました。〈 〉は、発行所、期間等を記しました。

西暦	元号	満年齢	事績
1918	大正7	0	7月17日、富山県射水郡伏木町(現・高岡市伏木)において、父・堀田勝文、母・くにの間に生まれる。生家は江戸時代から続く老舗の廻船問屋。
1925	大正14	7	伏木尋常高等小学校に入学。
1931	昭和6	13	石川県立金沢第二中学校に入学、親戚の家・堀田楽器運動具店ほかに下宿。
1933	昭和8	15	中学3年の時、金沢聖ヨハネ教会のH・R・ショウ司祭一家と生活、英語と音楽を身につける。
1936	昭和11	18	2月25日、慶應義塾大学法学部予科の入試のため上京、二・二六事件に遭遇。4月、予科に入学。
1939	昭和14	21	4月、慶應義塾大学法学部政治学科に進学。
1940	昭和15	22	4月、慶應義塾大学文学部仏蘭西文学科に転科。学友の白井浩司、加藤道夫、芥川比呂志らを知り、「荒地」「山の樹」「詩集」の同人たちと知り合う。
1942	昭和17	24	8月、徴兵検査を受け、第三乙種合格。9月、慶應義塾大学を繰り上げ卒業、国際文化振興会調査部に就職。
1944	昭和19	26	2月、東部第四十八部隊に召集されるが、肋骨骨折による胸部疾患で入院、5月に召集解除。
1945	昭和20	27	3月10日、東京大空襲に遭遇。24日、国際文化振興会の上海資料室に赴任するため日本を出発。上海愚園路に住む。中日文化協会の武田泰淳、石上玄一郎、のちに妻となる中山れい等を知る。5月、武田泰淳とともに南京に旅行し草野心平と知り合う。一時期、武田泰淳の住む惇信路の福世花園に同居。8月15日、上海で敗戦を迎える。
1947	昭和22	29	1月4日、引揚船で帰国。伏木に一時帰省。2月、世界日報社に就職、占領軍の放送局WVTRの解説を書く。
1948	昭和23	30	8月、『追憶の哲理』〈キエルケゴール著 吉田健一と共訳 大地書房〉。9月、世界日報社解散のため退社。横須賀市逗子町(現・逗子市)に転居。翌年12月、横須賀市新宿(現・逗子市)に転居。
1950	昭和25	32	11月、『モーパッサン詩集』(翻訳)〈酣灯社〉。

1951	昭和26	33	2月、『白昼の悪魔』（アガサ・クリスティー著　翻訳）〈早川書房〉。11月、『広場の孤独』〈中央公論社〉。
1952	昭和27	34	1月21日、「広場の孤独」「漢奸」その他により、昭和26年度下半期（第26回）芥川賞を受賞。5月、『祖国喪失』〈文藝春秋新社〉、『戯曲祖国喪失』〈未來社〉。11月、『捜索』〈未來社〉。
1953	昭和28	35	11月、『歴史』〈新潮社〉。
1955	昭和30	37	3月、『夜の森』〈講談社〉。4月、『時間』〈新潮社〉。7月、『砕かれた顔』〈筑摩書房〉。11月、『記念碑』〈中央公論社〉。
1956	昭和31	38	この年、日本文化人会議より平和文化賞を受賞。6月、『奇妙な青春』〈中央公論社〉。11月27日、ニューデリーで開かれる第1回アジア作家会議（12月22～29日）のためインドを訪問。帰途ビルマ、タイ、香港へ立ち寄る〈～1957年1月27日〉。香港で自宅焼失の知らせを受ける。
1957	昭和32	39	2月、『A・B・C殺人事件』（アガサ・クリスチイ著　翻訳）〈東京創元社〉。3月、『鬼無鬼島』〈新潮社〉。10月26日、中国作家協会と中国人民対外文化協会から招待され、山本健吉、井上靖、中野重治、本多秋五らと北京、上海、重慶、広州などを訪問〈～12月4日〉。12月、『インドで考えたこと』〈岩波書店〉。
1958	昭和33	40	1月、『乱世の文学者』〈未來社〉。3月、『現代怪談集』〈東京創元社〉。5月30日、第2回アジア作家会議の準備会議（6月2～4日）のためモスクワへ出発。この会議で10月の第1回アジア・アフリカ作家会議（堀田は不参加、以下A・A作家会議と略）開催が決定。予定地のタシュケントのほか、ストックホルム、パリ、ベイルート、カイロを訪問後帰国〈～8月7日〉。
1959	昭和34	41	4月、『河』〈中央公論社〉。5月、A・A作家会議日本協議会事務長に就任。7月、『上海にて』〈筑摩書房〉。10月、『後進国の未来像』〈新潮社〉。
1960	昭和35	42	1月、『建設の時代』〈新潮社〉。6月、『零から数えて』〈文藝春秋新社〉。10月、『香港にて』〈新潮社〉。
1961	昭和36	43	3月21日、A・A作家会議国際準備委員会（～27日）の委員長、東京大会〈緊急会議〉（28～30日）の事務局長を務める。11月18日、中村光夫、椎名麟三、武田泰淳らと中国人民対外文化協会の招待で中国を訪問〈～12月14日〉。『海鳴りの底から』〈朝日新聞社〉。

西暦	元号	満年齢	事績
1962	昭和37	44	1月27日、第2回A・A作家会議カイロ大会（2月12〜16日）のためアラブ連合共和国を訪問、モスクワ、パリ、マドリード、トレド、デンマークなどを廻る〈〜3月13日〉。以後1977年の移住まで「ゴヤ」取材のため10回ほどスペインを訪れる。10月3日、コロンボでのA・A作家会議理事国会議・国際書記局会議（4〜7日）出席のためセイロンを訪問〈〜10月18日〉。
1963	昭和38	45	10月、『審判』〈岩波書店〉。
1964	昭和39	46	6月、『文学的断面』〈河出書房新社〉。7月19日、キューバ革命蜂起記念祝典への招待を受けてキューバ各地を訪問。帰途モスクワ、パリを訪問〈〜9月21日〉。
1965	昭和40	47	5月、「一九六五年五月―ベルリン・ワイマール国際作家会同」（ナチス打倒20周年、ドイツ民主共和国建設20周年記念大会）で、東ドイツ各地の集会に中野重治と参加。その後ボンに滞在。『スフィンクス』〈毎日新聞社〉。6月、アルジェリアで第2回アジア・アフリカ会議開会を待つが、アルジェリア国内のクーデターとその後の中国とソ連の対立の影響を受け流会となる。8月、スペイン各地を旅行、ゴヤの生家や墓、アルバ公爵邸などを取材。
1966	昭和41	48	1月、『キューバ紀行』〈岩波書店〉。5月2日、A・A作家会議日本協議会の事務長を辞任。12月、『歴史と運命』〈講談社〉。
1967	昭和42	49	3月6日、レバノンでの第3回A・A作家会議ベイルート大会（3月25〜30日）のため日本を出発。会議の前後、ソ連、シリア、フランス、イタリア、オーストリア各地を訪問、モスクワのクレムリン宮殿で行われたソ連作家同盟第4回大会（5月22〜27日）に小田切秀雄とともに出席〈〜5月30日〉。
1968	昭和43	50	9月19日、ソ連・ウズベク共和国のタシュケントで開かれるA・A作家会議10周年記念集会（20〜25日）のため日本を出発。フィンランド、スウェーデン、イギリス、フランス、チェコスロバキア、東西ドイツ各地を訪問〈〜12月24日〉。『若き日の詩人たちの肖像』〈新潮社〉。
1969	昭和44	51	1月、『美しきもの見し人は』〈新潮社〉。10月、『小国の運命・大国の運命』〈筑摩書房〉。

1970	昭和45	52	3月、『橋上幻像』〈新潮社〉。6月18日、ソ連を訪問、モスクワでのA・A作家会議常設事務局会議（6月22〜23日）にロータス賞審査委員として出席〈〜7月8日〉。9月、『あるヴェトナム人』〈新潮社〉。11月6日、第4回A・A作家会議ニューデリー大会（17〜21日）のためインドを訪問、堀田は日本代表団団長。会議後ベナレス、カルカッタを経て、「19階日本横丁」の取材をバンコク、クアラルンプール、シンガポール、サイゴンで行い、香港、沖縄を経由して帰国〈〜12月28日〉。
1971	昭和46	53	7月、『方丈記私記』〈筑摩書房〉。11月、『方丈記私記』により第25回毎日出版文化賞を受賞。
1972	昭和47	54	6月21日、モスクワでのA・A作家会議常設事務局会議（21〜22日）出席後、「ゴヤ」取材のためフランス、スペイン訪問〈〜8月23日〉。9月、『19階日本横丁』〈朝日新聞社〉。
1973	昭和48	55	3月、『対話　私はもう中国を語らない』（武田泰淳と共著　朝日新聞社）。4月、『けいざい問答』〈文藝春秋〉。5月、『堀田善衛自選評論集』〈新潮社〉。8月27日、ソ連・カザフ共和国での第5回A・A作家会議アルマ・アタ大会（9月4〜9日）のため日本を出発〈〜10月24日〉。『わが文学、わが昭和史』（座談会）〈筑摩書房〉。9月、スペインで「ゴヤ」の取材。
1974	昭和49	56	2月、『ゴヤ＊―スペイン・光と影』〈新潮社〉。4月9日、「ゴヤ」の取材のためニューヨークを訪れる〈〜26日〉。5月25日、「日本アジア・アフリカ作家会議」を創設、堀田は初代事務局長となる（1979年11月〜議長）。6月、『堀田善衛全集』全16巻刊行開始〈〜1975年9月　筑摩書房〉。この年、スペイン、フランスのボルドー地方を旅行。
1975	昭和50	57	3月、『ゴヤ＊＊―マドリード・砂漠と緑』〈新潮社〉。5月21日、スペイン各地へ「ゴヤ」の取材へ出発。
1976	昭和51	58	3月、『ゴヤ＊＊＊―巨人の影に』〈新潮社〉。11月19日、スペイン、ポルトガルを旅行、帰途パリでサルトルと会う〈〜12月11日〉。
1977	昭和52	59	3月、『ゴヤ＊＊＊＊―運命・黒い絵』〈新潮社〉。4月、『本屋のみつくろい―私の読書』〈筑摩書房〉。5月21日、ポーランドの貨客船・クズニカ号で横浜からスペインに向け出航、6月26日、ロッテルダムに到着。以後10年間は断続的にスペインに住む。7月10日、スペイン・アストゥリアス地方アンドリン村に滞在〈〜9月4日〉。9月6日、マドリードに滞在〈〜10月4日〉、10月5日、『ゴヤ』によって大佛次郎賞を受賞、授賞式のため日本に帰国〈〜19日〉。11月1日、グラナダに滞在〈〜1978年9月24日〉。

西暦	元号	満年齢	事績
1978	昭和53	60	5月、『航西日誌』〈筑摩書房〉。9月25日、日本に一時帰国〈〜10月〉。10月7日、ソ連のタシュケントで開かれたA・A作家会議20周年記念大会に出席、会議後帰国〈〜20日〉。
1979	昭和54	61	2月、『スペイン断章』〈岩波書店〉。3月30日、スペイン政府から賢王アルフォンソ十世十字勲章を授与される。6月21日、アンゴラでの第6回A・A作家会議ルアンダ大会（26日〜7月3日）に出席、ロータス賞を受賞〈〜7月5日〉。『スペインの沈黙』〈筑摩書房〉。
1980	昭和55	62	5月6日、スペインへ戻り、カタルーニャ地方イョフリウ村に滞在〈〜9月〉。6月、『オリーブの樹の蔭に―スペイン430日』〈集英社〉。10月、バルセロナに転居。『彼岸繚乱―忘れ得ぬ人々』〈筑摩書房〉。
1981	昭和56	63	10月18日、日本に一時帰国〈〜1982年1月〉。この年、フランスのモンセギュールを訪れる。
1982	昭和57	64	1月14日、スペインへ出発、バルセロナに滞在〈〜1984年10月〉。6月、小田実、李恢成とドイツのケルンで開催されたINTERLIT'82に出席。9月、『情熱の行方』〈岩波書店〉。11月15日、日本に帰国。12月29日、スペインへ出発、バルセロナに滞在。
1984	昭和59	66	4月、『日々の過ぎ方』〈新潮社〉。8月、『カタルーニア讃歌』（写真・田沼武能）〈新潮社〉。秋ごろ日本A・A作家会議議長を辞任。11月3日、バルセロナからブルガリアへ立ち寄り日本に帰国。
1985	昭和60	67	この年から翌年にかけて日本に滞在。4月、『路上の人』〈新潮社〉。
1986	昭和61	68	1月、『歴史の長い影』〈筑摩書房〉。2月、『定家明月記私抄』〈新潮社〉。11月、『聖者の行進』〈筑摩書房〉。12月、『ヨーロッパ・二つの窓』（加藤周一と共著）〈リブロポート〉。
1987	昭和62	69	4月18日、スペインへ出発、バルセロナに滞在し日本に帰国。この間、フランスのモンテーニュ城、ラ・ロシュフーコー城を訪問〈〜12月21日〉。
1988	昭和63	70	3月、『定家明月記私抄 続篇』〈新潮社〉。

1989	平成元	71	1月、『誰も不思議に思わない』〈筑摩書房〉。4月、『バルセローナにて』〈集英社〉。9月21日、朝日新聞社主催のシンポジウムに出席のためドイツ、ベルギーを訪問。フランスへも足をのばす〈～10月8日〉。
1991	平成3	73	1月、『ミシェル 城館の人 第一部 争乱の時代』〈集英社〉。
1992	平成4	74	1月、『時空の端ッコ』〈筑摩書房〉。4月、『ミシェル 城館の人 第二部 自然 理性 運命』〈集英社〉。7月、NHK教育テレビ「人間大学―時代と人間」に出演〈全13回 ～10月〉。11月、『時代の風音』〈司馬遼太郎、宮崎駿と共著〉〈ユー・ピー・ユー〉。
1993	平成5	75	1月、『めぐりあいし人びと』〈集英社〉。5月、『堀田善衞全集』全16巻刊行開始〈～1994年8月 筑摩書房〉。
1994	平成6	76	1月、『ミシェル 城館の人 第三部 精神の祝祭』〈集英社〉。9月、『発光妖精とモスラ』〈中村真一郎、福永武彦と共著〉〈筑摩書房〉。10月18日、『堀田善衞全集』完結の会が開かれる。
1995	平成7	77	1月、朝日賞を受賞。『ミシェル 城館の人』で和辻哲郎文化賞を受賞。『未来からの挨拶』〈筑摩書房〉。
1998	平成10	80	1月、『空の空なればこそ』〈筑摩書房〉。4月、『ラ・ロシュフーコー公爵傳説』〈集英社〉。5月21日、脳梗塞で入院。6月、日本芸術院賞を受賞。9月5日、逝去。自宅で葬儀が営まれる。墓所は東慶寺。10月14日、堀田善衞別れの会が開かれる。私家版『天上大風』〈堀田れい〉。12月、『天上大風』〈筑摩書房〉。
1999	平成11	-	6月、『堀田善衞詩集 一九四二～一九六六』〈集英社〉。『故園風來抄』〈集英社〉。
2001	平成13	-	5月、『別離と邂逅の詩』〈集英社〉。
2004	平成16	-	2月、『時代と人間』〈徳間書店スタジオジブリ事業本部〉。
2008	平成20	-	10月4日、県立神奈川近代文学館「堀田善衞展 スタジオジブリが描く乱世。」開催〈～11月24日〉。11月、『堀田善衞上海日記 滬上天下一九四五』〈集英社〉。

付録　堀田善衞　全集未収録原稿

『路上の人』から『ミシェル　城館の人』まで、それから……

バルセローナで暮していて、拙作の書き下し『路上の人』を書いていたとき、日本やパリから私どもを訪ねて来た人たちが、異口同音に私に呈された質問が一つあった。その質問は、

――こんなところで今度は何を書いているのか。

というものであった。

今度はというのは、それ以前に、私がバルセローナで歌人藤原定家の日記『明月記』を読み、それに註して鎌倉時代初期の政治と芸術の在り様について書いていたからであった。そのときも、訪ねて来た人々は、異国の地バルセローナで、平安朝末期鎌倉時代初期の歌人などにとりついていることに、ほとんどが呆れたといった表情で私を見ていたものであった。

しかし、それらのことは私には別して気にならなかった。平安朝末期などというものは、現代のわれわれから見て、まず外国である、と思っていたからであった。それからもう一つ、定家の日記『明月記』が漢文で書かれたものであり、しかもその和歌は、これはもう完全な倭語であり、定家がいわば二重言語で生きていたことを証するものであった。

してみれば、バルセローナのアパートの外へ一歩出れば、カタラン語かカスティーリア語以外のものが存在せず、私もまた二重言語での生活者であらねばならず、定家の繊細きわまりない倭語による和歌と、かなりに荒っぽい漢文による日記との、その二重言語性があまり気にならないのであった。

かくて、『定家明月記私抄』（新潮社）を書き上げてしまうと、二重言語性が気にならないということ以上に、歴史というものの重層性が見えて来た気がして来たのであった。十三世紀の日本における宗教改革、すなわち法然、親鸞、日蓮などによる宗教改革と、十六世紀西欧の宗教改革が重なったものに思われて来たのであった。

歴史学の専門家などからは、こういった考え方などは笑うべきものとしか思われないのかもしれなかったが、私は歴史学の専門家などではなかった。

『路上の人』（新潮文庫）は、十三世紀西欧に生起したキリスト教異端派の一つ、清浄派《カタリ》と称された人々の行状を、路上の人、つまりはサンチョ・パンサ様の人物の目で、地上すれすれのところから見たところの物語であった。それはまた、私のキリスト教批判などではもとよりなかったが、西欧中世のキリスト教の在り様を見据えてみたいとする物語なのでもあった。

もう一つ、私は一九六〇年に『海鳴りの底から』（朝日文芸文庫）と題された長篇を書いていて、それはわが国での島原の乱と称された、キリシタン教徒の反乱とその潰滅の様相を描いたものであった。されば、『路上の人』を執筆していたときに、いま何を書いているかとの問いに対しては、

——島原の乱の西洋版を書いている。

と素直に答えることが出来たのであった。

『海鳴りの底から』は、われわれの国においてあまりにも早くキリスト教を受け入れて弾圧された人々への悼辞でもあった。

もともと『路上の人』を書くきっかけとなったものは、拙作『ゴヤ』（朝日文芸文庫）を書くためにゴヤの画業をもとめて、ほとんど全ヨーロッパを路上の人としてめぐり歩いていたとき、南仏のアルビの町にゴヤのもっとも大きな画面をもつ、「フィリッピン会社総会図」なるものがあることを知り、アルビの町を訪れたことに端を発していた。それまでは、このアルビの町が、いわゆるアルビジョア十字軍なる、清浄派《カタリ》撲滅のための十字軍の中心的な地域であったことなどには、あまり関心がなかったのであった。

作家にとって、一つの作品は、次なる作品を導き出す作用をしてくれるものなのであった。『ゴヤ』が西欧の文明文化が私に与えてくれたものに対しての、一種の恩返しのようなものであったとすれば、『路上の人』は、その西欧に対する異議申し立てのようなものであったかもしれないのであった。

かくて次に来るものは、『ミシェル　城館の人』（集英社）であった。

バルセローナというところは、車をもってさえいれば非常に便利なところであった。モンテーニュのボルドオまでならば約四時間で、リオンならば約六時間で到達出来、リオンで一泊するとすれば次の日には楽にパリへ入れ、またイタリアへ行きたいとなれば、出発当日の夜には、どうにかイタリア領へ到達することが出来る、そういう位置にあった。

『路上の人』後半の主な舞台となったピレネー山脈やトゥルーズ、モンセギュールの山巓城塞などを調べて歩くにも、車は必須の道具であった。ボルドオへもしばしば通った。

ミシェル・ド・モンテーニュの城館はボルドオの東、六〇キロ足らずのところにあり、何度か足を運んだものであった。

ボルドオへ行くことの楽しみは、何と言っても彼の地の葡萄酒と海産物を主とした料理にあり、モンテーニュ家ゆかりのChateau Eyquemなる銘酒の味はまことにまろやかなものであった。かくてミシェルの祖先がこの港湾都市で廻船問屋を営んでいたこともまた、私を惹きつけたのであった。私もまた廻船問屋の倅であった。ボルドオはまた、画家ゴヤの終焉の地でもあり、度々訪れて勝手知ったる他人の家のような気がしていたのであった。

ただこの地は、前面に大西洋を、背後にピレネー山脈をもっているために、海洋気象と山岳気象とがぶつかりあって、一寸先も見えないような濃霧が発生することが不都合であった。

ところで、ここらでミシェル・ド・モンテーニュ氏の著作である『エセー』に入って行かねばならぬのではあろうけれども、自著について語ることはまことに気の重いことであり、筆も渋るのであったが仕方はない。

旧約聖書に『伝道の書』という章があり、これを私は中学生の頃から愛読していたのであった。そしてモンテーニュ氏にとっても、聖書の中でもっとも重要視していたと受けとられるものであった。彼は『エセー』のなかで、キリスト、とは一言も書いていなかった。『伝道の書』とは、大方御存知のように、

伝道者言《いは》く、空の空、空の空なる哉《かな》。都《すべ》て空なり。

とはじまり、いわば徹底的な虚無感につらぬかれた、オリエンタルなと言うべきか、あ

るいはペルシャ的とでも言うべき宇宙観をもつものであり、「空の空、空の空なる哉。都て空」なるが故にこそ、さればこそ、

汝往《ゆき》て喜悦《よろこび》をもて汝のパンを食ひ、楽《たのし》き心をもて汝の酒を飲め。其《そ》は神久《ひさ》しく汝の行為《わざ》を嘉納《よみし》たまへばなり。汝の衣服《ころも》を常に白からしめよ。汝の頭《かしら》に膏《あぶら》を絶《たえ》しむるなかれ。日の下に汝が賜《たま》はるこの汝の空なる生命《いのち》の日の間、汝、その愛する妻とともに喜びて度《く》生《ら》せ。汝の空なる生命の日の間、しかせよ。是《これ》は汝が世にありて受《うく》る分、汝が日の下に働ける労苦によりて得る者なり。凡《すべ》て汝の手に堪《たふ》ることは力をつくしてこれを為《な》せ。其《そ》は汝の往《ゆか》んところの陰府《よみ》には、工作《わざ》も計謀《はかりごと》も知識も智慧もあることなければなり。

虚無の空間におかれた人間の生命というものを、かくまでに具体的、かつ高貴な諦念にみちて描き出されたものは、聖書全体といえども、他にはなかった。それだけにキリスト教の聖典としては異教的なものであった。

そして、ミシェルはこの『伝道の書』のなかの言句を、十二ヵ所も抜粋して来て、書斎

の天井に銘文として記しているのであった。それはミシェルがこの『書』によって、如何ほどにか撃たれるようにして感銘を受けたことを、物語っていると思われるのであった。けれども、不思議なことに、フランスのモンテーニュ学者たちのどの研究書をのぞいてみても、この『書』の重要さを正面に持ち出しているものは、私の知る限りまったくないのであった。これもまた、ミシェル・ド・モンテーニュをめぐる七不思議の一つであった。

彼はまた言う。

〈もしわれわれが、ときどきわれわれ自身を考察することに興を覚えたとして、そして他人のあらさがしをしたり、われわれと関係のない事物を知るために費す時間を、われわれ自身を探ることに用いるならば、われわれの組織の全体が、いかに脆弱な、崩れやすい断片によって組み立てられているかがわかるであろう。〉

と。

彼が〈われわれの組織〉と書いているところは、われわれの存在自体、と解してよいであろうが、その〈われわれの組織の全体が、いかに脆弱な、崩れやすい断片によって組み立てられているか〉――ミシェル以前の西欧の思想家たちは、かかる存在の〈脆弱〉さと〈崩れやすい断片〉の自覚からして、神への信仰とその恩寵を希求するところへと行くのであった。

彼はこの聖なる階段を上ることを拒否し、あくまで日常のなかにあるただの人間としての自分自身を描き、かつ検討するために書き続けるのであった。いわば、「私」を描いて「人間」に至る道を辿るのであった。

『ミシェル　城館の人』三巻を書いて、私としては生涯の負荷を払ったかたちであるが、さてこれからの残された時間に何を為すべきであるか。日暮れて道なお遠し。

初出「すばる」（一九九五年六月号　集英社）

制作協力／北日本放送
編集協力／坂本信弘
章扉デザイン・図版作成／ＭＯＴＨＥＲ
写真提供／県立神奈川近代文学館（13、43、81、115、147ページ）
北日本放送（16、46、84、118ページ）
ユニフォトプレス（123、134、136ページ）

池澤夏樹（いけざわ なつき）
作家。一九四五年北海道生まれ。

吉岡 忍（よしおか しのぶ）
ノンフィクション作家。一九四八年長野県生まれ。

鹿島 茂（かしま しげる）
フランス文学者。一九四九年神奈川県生まれ。

大髙保二郎（おおたか やすじろう）
美術史学者。一九四五年香川県生まれ。

宮崎 駿（みやざき はやお）
アニメーション映画監督。一九四一年東京都生まれ。

堀田善衞《ほったよしえ》を読《よ》む 世界《せかい》を知《し》り抜《ぬ》くための羅針盤《らしんばん》

集英社新書〇九五二F

二〇一八年一〇月二二日 第一刷発行

著者……池澤夏樹《いけざわなつき》／吉岡《よしおか》 忍《しのぶ》／鹿島《かしま》 茂《しげる》／大髙保二郎《おおたかやすじろう》／宮崎《みやざき》 駿《はやお》

編者……高志《こし》の国文学館《くにぶんがくかん》

発行者……茨木政彦

発行所……株式会社集英社
東京都千代田区一ツ橋二-五-一〇 郵便番号一〇一-八〇五〇
電話 〇三-三二三〇-六三九一（編集部）
〇三-三二三〇-六〇八〇（読者係）
〇三-三二三〇-六三九三（販売部）書店専用

装幀……原 研哉

印刷所……大日本印刷株式会社 凸版印刷株式会社

製本所……加藤製本株式会社

定価はカバーに表示してあります。

ISBN 978-4-08-721052-1 C0295

Printed in Japan

a pilot of wisdom